領民0人スタートの辺境領主様

風楼
Illustration キンタ

X
貴人の風儀

contents

草原開拓記名鑑

ディアス

ネッツロース改め、
メーアバダル領の領主

アルナー

ディアスの妻となった
鬼人族の娘

クラウス

犬人族のカニスを
妻に持つ領兵長

セナイとアイハン

神秘の力を持つ森人族の
双子の少女たち

エルダン

メーアバダル領隣の
領主で亜人とのハーフ

エイマ

大耳跳び鼠人族。
村の教育係兼参謀

エリー

ディアスの下に
訪れた彼の育て子

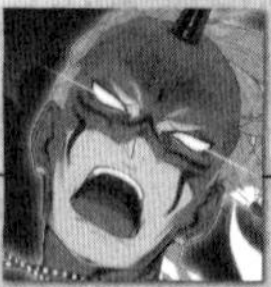

ゾルグ

鬼人族族長候補の青年。
アルナーの兄

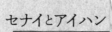

ジュウハ

エルダンに雇われた
ディアスの元戦友

ナルバント

鍛冶を得意とする
洞人族の老人

ヒューバート

元宮仕えで、ディアスに
仕えることになった内政官

サーヒィ

狩りが得意な鷹人族の青年。
双子の狩り鷹となる

ゴルディア

商人ギルドの長であり、
ディアスの孤児時代からの友人

モント

ディアスの元敵将だったが、
イルク村の教官となる

スーリオ

力自慢の獅子人族の青年。
隣領からイルク村に来て遊学中

セキ・サク・アオイ

獣人国から移住した
“血無し”の三兄弟

エイマのレポート

領民：196人→231人

【辺境の領主】ディアスのもとに、獣王国からの使者【獣王参議】ヤテンが訪れ、
迎賓館にて国境と鉱山開発に関する交渉を行った。
国境に関所を作る方法を検討していると、【洞人族の老人】ナルバントが名乗りを上げ、
さらには鉱山開発や溶鉱炉の作製、街道の整備も行うと宣言する。
その人員としてナルバントの一族を呼び出すため、酒造りを本格的に解禁するが、
その過程でディアスの酒嫌いの原因が発覚する。
【森人族の双子】セナイとアイハンは画期的な養蜂施設を開発し、
純度の高い蜂蜜を定期的に生産できるようになった。
酒造りが軌道に乗ると、村の広場を使ってナルバント一族を呼び出す儀式を行った。

まさか地面から人が出てくるなんて想像もしていなかったので、すっごくびっくりしました！
でも、洞人さんたちの働きっぷりにはそれ以上に驚かせられました！！

村の東西から同時に来客があり、東からは【血気盛んな獅子人族】スーリオと、
同じく獅子人族の若者であるリオードとクレヴェが来訪し、村に住むことになった。
一方西からは【ペイジン商会の長】オクタドが来訪し、ディアスと友誼を結んだ。
王国北部や獣王国を含む広範囲に複数体のアースドラゴンが現れる可能性が高いとの
情報を得たディアスは、近隣に情報を提供しつつ、
領民達と協力して二体のアースドラゴンを討伐することに成功した。

仲間に支えられながら外交も頑張る領主様。
次なる物語は——

メーアバダル領イルク村の施設一覧

【ユルト】【倉庫】【厠】【井戸】【飼育小屋】【集会所】【広場】【厩舎】
【畑（野菜・樹木）】【溜池】【草原東の森】【魔石炉】
【岩塩鉱床】【関所】【迎賓館】【水源小屋】【氷の貯蔵庫】【養蜂場】【酒蔵】【鉱山】

西へと延びる街道をゆっくりと歩きながら――――ヒューバート

アースドラゴン討伐を祝う宴《うたげ》から数日が経《た》って……夏らしい日差しが降り注いで気温が上がり、その暑さを吹き飛ばしてくれる爽やかな風が吹く中、メーアバダル領唯一の文官であるヒューバートは、頭に乗せた麦わら帽子を揺らしながら、出来上がったばかりの西へと向かう街道をゆっくりと歩いていた。

東からイルク村までの、隣領主導で敷設されていた街道は仮設が完了し、これから本敷設となり、立派な石畳が敷かれるそうだ。

そしてイルク村から西……関所までの街道は今日までの短い期間に半分程が出来上がったそうで……ヒューバートはその出来具合の確認と、各地に出来上がった施設の状況の確認をするために自ら足を運んでいた。

ディアスも洞人族《ほらびと》も真面目で正直で、仕事に関しては特に手を抜かない性格をしているのだが、本来であれば事細かく確認、記録すべきことを「こんなもので良いか」と適当に済ませてしまうきらいがあり……その辺りの確認をし、しっかりと記録し、必要であれば書類を作成し……と、そんな風にディアス達に足りない部分を補うのが、最近のヒューバートの仕事となっていた。

そんなヒューバートの側《そば》には、妙に気が合い仲良くなったエゼルバルドとその妻達と、何人かのセンジー氏族の若者達の姿があり……ヒューバートは彼らと会話しながら、手元の紙束に炭片で文字を書き記しながら、足を進めていく。

「方角を見るに西にまっすぐ、歪《ゆが》むことなく進んでいて……後は幅の計測が終われば地図に記載出来そうですね。

昨日は結構な雨が降りましたが水はけが良いのか、すっきりと乾いていますし……これなら長持ちしてくれそうですねぇ。

もう少し先まで進んで、その辺りの確認が終わったら各地の地下貯蔵庫に向かって……どれくらいの氷と食料が貯蔵されているのか記録をしておかないといけませんねぇ。

今日までで溶けた氷もあるでしょうし、傷んだ食料だってあるでしょうし……冷気を逃してしまうので毎日確認する訳にもいきませんが、それでも定期的に確認をしておかないといけませんね」

「メァ〜、メァン、メァメァー、メァー？」

ヒューバートの独り言のような言葉にエゼルバルドがそう返し、ヒューバートは足元のエゼルバルドへと視線をやりながら言葉を返す。

「え？　魔法で中に入ることなく確認出来ないのかって？　えぇっと、まず自分は魔法が得意ではないんですよ。

それにそんな便利かつ犯罪に利用出来そうな魔法があるなんて聞いたことないですし……アルナー様を見ていると魔法というものは、どれもこれも便利で物凄《ものすご》いものなのだと勘違いしそうになりますが……一般的な魔法使いの使う魔法というものは、そこまでのものではないですからねぇ」

「メァーン？」

「ええ、たとえば炎を放つことの出来る魔法があったとして……ただ火を付けるのなら火打ち石を使うとか、松明《たいまつ》などで火を移すとかしたら良い訳で、長い呪文を唱え魔力を消費してまでやる価値があるのかというと微妙ですね。

戦いに使うにしても燃料なしで人や魔物を燃やすのって凄く難しいですからねぇ……中々上手《うま》くいかないいんですよ」

「メァメァーン、メァー」

「ええ、そうですね、火付け杖《づえ》のような火力は魔法使いには出せませんね。

あれはあれで常識外の存在で……だというのにそれをただの火付けに使っているのがなんともディアス様らしいですね」

「メァメァメァー！」

「そうですねぇ……一族漏れなく魔法を使えて、その上効果が凄《すさ》まじいという鬼人族《きじん》が特別なだけで、一般的な魔法使いはそうでもないのだと思ってもらって問題ないと思いますよ。

人間にも極稀《ごくまれ》に物凄い魔法使いが生まれるのですが……そういった方はとても貴重な存在ですか

ら、大体の場合は王城で保護されて、国のために魔法を使ったり魔法の研究をしたりしていますねぇ」

と、そんな会話をヒューバート達が続けていると突然ガサリと大きな音がして、少しだけ気を抜いた、のほほんとした態度でゆったり歩いていたセンジー氏族達が驚きながら臨戦態勢を取る。

気を抜いてはいたが油断しきってはおらず、誰かが近付けばすぐに気付ける程度には警戒をしていたのに、その音はすぐ側……街道脇の草の中から聞こえてきていて、ヒューバートがディアスから持つようにと押し付けられた、腰に下げている小剣へと手を伸ばそうとしていると……もう一度ガサリと大きな音がして、メーアのようでメーアではない、メーアによく似た存在が草の中から顔を出す。

「メーアモドキ……！」

それを見てそう声を上げるヒューバート。

ディアス達が出会ったという謎の存在、ディアス達がメーアモドキと呼ぶ、メーアによく煮た凄まじい力を持った何か。

確かにこの見た目はメーアモドキと呼びたくなるなと、ヒューバートが妙に納得したような気分になっていると、メーアモドキがゆっくりと口を開く。

「――――のことをそんな風に呼ぶなんて、なんて無粋な。

まぁ、いきなり捕まえようとしないだけあの男よりはマシですけど……。

……まぁ良いです、今回も我が主《あるじ》からの褒美です、この街道はなんとも野暮ったくて鬱陶しいですけど、我が子らへの配慮を欠かさない態度と度々のドラゴン討伐、その辺りは評価してあげます。……今回は物を直接渡す形ではないので……ここから北の辺りと南の辺り、それとアナタ達の村の周囲をよく観察してみることです」

その声はなんとも不思議な響きをしていた。

一部の単語がどういう訳か聞き取れず……音は聞こえているのに、どんな単語なのか、どんな音なのかが理解出来ず、それについて深く考えようとすると何故《なぜ》だか目眩《めまい》を起こしてしまって……目眩のせいでヒューバートが返事を出来ないでいると、いつのまにかメーアモドキは姿を消していて……臨戦態勢となっていたセンジー氏族達も、妻を守るため雄々しく顎を上げて威嚇の体勢を取っていたエゼルバルトも、突然それが消えたことに困惑して、キョロキョロと周囲を見回している。

「……あ、あれがメーアモドキ……あれがサンジーバニーやオリハルコンを……。

しかし物ではなく観察してみろとは一体……？」

そんな声を上げてエゼルバルド達のように周囲を見回したヒューバートは……渋々ではあるが確認をするために街道を外れて北の一帯へと足を進める。

街道を外れるとそこには青々とした草が生い茂る草原があり……夏の日差しでどの草もまっすぐに力強く伸びていて……普段と変わらない、いつも通りのメーアバダル草原の光景が広がっている。

観察をしろと言われても、具体的にどの辺りの何を見たら良いのか……もう少し詳しく説明してくれないとこのままあてもなく草原を歩き回ることになるぞと、ヒューバートが小さな絶望感を抱き始めた……その時。

見たことのない、小さな花が咲き乱れている一帯が視界へと入り込んでくる。

それは明らかにこの辺りでみる草ではなかった。

この辺りの草は花を咲かせない、ただただまっすぐに草の葉を伸ばすだけだ。

だというのにその一帯には小さな白い花が咲き乱れていて……見たことのない花だと驚き困惑するヒューバートは……それでも好奇心の方が勝ったのか、駆け出しそうな勢いでその花の方へと近付いていく。

「……ん？　この花……花びらだと思っていた部分が白い草の葉になっているのですねぇ。

するとこの小さな、中心の粒みたいなものが花で……こんな草のような花というか花のような草、図鑑でも見たことが……」

その草の方へと近付き膝を折り、顔をぐっと近付けてぶつぶつと声を上げて……そうやってヒューバートが観察をしていると、エゼルバルドが駆け込んできて、その顔を一帯へと向けてバフッと突っ込む。

そしてモグモグモグモグと口を動かし、物凄い勢いでその花のような草を食《は》んでいって……エゼルバルドに続く形で妻達も同じようにその草を食み始める。

そんなメーア達の様子にヒューバートが驚いていると、そんなに美味《おい》しい草なのかと興味を持ったセンジー氏族が草へと鼻を近付けてすんすんと鳴らし……そうしてから自分達もと、その草へと食らいつく。

そして、

「え、この草、美味しいですよ！」

と、若者の1人が声を上げる。

「あ、ほんとだ、火を通してないから青臭いけど、いい匂いで美味しい！」

続けてもう1人が声を上げる。

「メァー!!　メァメァメァー!!」

そしてエゼルバルドがこんなに美味しい草は食べたことがない！　と力のこもった声を上げる。

それらの声を受けて好奇心に負けてしまったらしいヒューバートまでが草を摘み取って口にし……、

「……ああ、本当に美味しいですねぇ、青臭くて苦くて、味としてはいかにもな草の味なのですけど物凄く香りが良くて……それだけで美味しいと思えてしまう……。

こんなハーブが世の中に存在したとは……ああ、なるほど、これが今回の贈り物という訳ですか。

するとこれにもサンジーバニーのような薬効が……？　いや、それにしてはサンジーバニーの時のような説明がなかったような……」

と、そんな言葉を口にする。

それからもう一度草を摘み取ったヒューバートは、それをじぃっと見やりながら首を傾《かし》げて……エゼルバルド達が猛烈な勢いで草を食み続ける中、その草にどんな意味があるのかと頭を悩ませ続けるのだった。

鬼人族の村で――ディアス

またも現れたメーアモドキがヒューバートに褒美だと伝えた白い花のような草。

サンジーバニーやオリハルコンのように不思議な力を持っているのかいないのか……。

今回はこれといった説明もなく、全くの謎だった訳だが……ヒューバートから話を聞き、イルク村の側にも生えたというそれを直接見に行った結果、セナイとアイハンが……というか、セナイとアイハンの両親がその草のことを知っていた。

曰《いわ》く腹痛草、または肺咳草《はいがいそう》……それか赤痢草。

聞くに堪えない名前というか、とんでもない名前というか、なんかもういかにも毒草といった様子の名前なのだが……実際のところは全くの逆で腹痛や肺から来る咳や赤痢などによく効く特別な薬草なんだそうで、あまりにも効くものだからこの病気になったらこれを飲んでおけ、という意味でそんな名前で呼ばれるようになったらしい。

他にも香りが良いからと燻製に使われたり、家畜小屋なんかでいぶすことで、虫除けやカビ除けになったりするとかで……その場合の薬効も凄まじく、家畜の健康を守ることが出来るんだそうだ。

肌に塗っても良く、食品や食器を洗う時にこれを混ぜた石鹸を使うと病除けにもなり……そして何よりもこれを食べたメーアや家畜達はとても元気になるんだそうで、健康で大きく育ち、ミルクや肉の味も驚く程に良くなり、普通なら臭くて食べられないような動物も、これさえ食べさせておけば臭みの抜けた美味しい肉になるんだそうだ。

そんな話をセナイ達から聞いて、こりゃぁ凄いぞとなり、これが草原のあちらこちらに生えているならと、鬼人族の村に向かいモールにも報せてやると……深い笑みを浮かべたモールの口から、予想もしていなかった言葉が出てくることになる。

「ああ、ああ、あの草のことならよーく知っているとも。

古い言葉でリンツガートル……他にも朧雪草《おぼろゆきそう》なんて呼ばれるあれは、大体はアンタの言う通りの草で、メーアや馬なんかの大好物なんだよ。

まぁ、これだけ食っていれば良いって訳でもないんだけどねぇ……これがあれば今まで以上に元気になってくれることに違いはないさ。

大昔……私がまだ子供の頃に見かけた草でねぇ、それがどうしてだかどんどんと減っていって、全く見なくなって……とうに滅んだと思っていたんだけど、それがまさかこんな形で蘇《よみがえ》るとはねぇ。

朝起きて報告を受けて、見に行った時にはもう驚きすぎて腰を抜かしちまったよ。他の老いぼれ共なんかは涙まで流しちまって……昔の草原が戻ってきたと大騒ぎさ」

モールのユルトでいつものように向かい合う私にそう言ってきて……私はなるほどと頷《うなず》いてから言葉を返す。

「そうなると今回の褒美は、メーア達にとってとても大事な滅んでしまった草を蘇らせてくれたこと、そのもの……ということになるのだろうな。

草そのものが特別なのではなくて、蘇らせたことそれ自体が特別……というか奇跡というか。

……まぁ、元々この草原にあったものなら、変な問題も起きないんだろうし、良いことなんだろうなぁ」

草なのに花のように綺麗で、メーアも喜んでくれて……そんな懐かしい草原の景色が戻ってきたとなれば、涙を流してしまうのも分かる気がするなぁ。

なんてことを考えながらの私の言葉にモールは、目を鋭くさせながら言葉を返してくる。

「今回のことはただ懐かしさだけの話じゃぁないのさ。

あの草は他の草より滋養があって、すぐに生え揃《そろ》う……つまりあの草があればより多くの家畜を持てる訳でねぇ……。

あの草があった頃に飼っていたヤギやらのメーア以外の家畜……あの草が滅んで飼うことを諦めた家畜、そいつらをまた飼えるとなって皆喜んでいるって訳さ。

あの草が滅んだのをきっかけに数を減らして……王国とのいざこざで完全に失った家畜達、それが戻れば食卓もそれはもう賑《にぎ》やかになって、子は強く育ち、大人は長生き出来るだろうからねぇ……私達にとってあの草の復活は、悲願というか宿願というか……まず叶うはずがないと諦めていたことで……その想いを表す言葉なんてこの世に存在しないいんじゃないかと思う程さ」

「……そうなのか……なるほど。

ヤギ……ヤギか、ヤギは山とかにいるんだったか？　隣領の家畜市場では見かけなかったような気がするが……王国の東の方では普通に見かけたし、ゴルディア達に頼めば手に入るかもしれないな。

他にも白ギーやガチョウなんかも手に入るだろうから……こちらで何頭か用意しようか？」

力がこもった様子というか、真剣な様子というか……いつになく迫力のある表情をしたモールに私がそう言うと……モールはこれまたいつになく、怖い笑顔を作り出し、笑いを含んだ声を上げる。

「へぇ、用意してくれるのかい？　それはタダでかい？」

「タダはいくらなんでも無理だ、家畜は高いものだからな、メーア布とかの現物払いならなんとかなるはずさ」

少しでも同情するとすぐこれだ。

無理なことだと分かっていながら茶化すように、甘えているかのようにそんなことを言ってきて……間を空けることなく、きっぱりとした言葉を私が返すとモールは、やれやれと首を左右に振ってから、横脇に置いていた杖を手に取り、それでもって奥の方に置いてあった箱を引き寄せ……その中から何個かの革袋を取り出し、その中に入っている金貨をこちらに見せつけてくる。

「現物払いなんてことしなくても、金ならほれ……少し前にゾルグが稼いだからね、ちゃんとあるさ。

これだけあればそれなりの数、家畜が買えるだろうから……そのゴルディアとかいう、商人かい？　商人をここに連れてきておくれ。

連れてきてくれさえすればあとはこっちで交渉をして……家畜を手に入れるとするさ。

ヤギに白ギー、それと以前あの双子達にもらった卵が美味しかったからガチョウもかねぇ……」

見せつけながらそう言ってきて……そんなモールに対して私は、以前から気になっていたあることを思い出し、それについてを問いかける。

「そう言えば……メーアは羊によく似ているが、羊は飼わないのか？　世話とか毛の扱いだとか、大体似たようなものだと思うんだが……」

「ああ、羊は駄目だよ、メーアが嫉妬するからね。

自分達がいるのに、自分達の上等な毛があるのになんでこんな奴らに大事な食事、草をやるんだって感じでね。

ヤギも似たようなものに思えるんだけどねぇ……ヤギやギーは許せるけど、羊は駄目らしいねぇ」

「そ、そうなのか……嫉妬か。

……それとも一つ、その、聞きにくいことではあるんだが、鬼人族はその、メーアの肉を食べたりとかは、するのか？

アルナーからそういった話を聞いたことがなくて気になっていたんだが……中々聞き辛《づら》くてなぁ」

「……まぁ、気になるのは当然だね。

そしてその問いの答えは……場合による、ってところかねぇ。

基本的にメーアの肉を食べようなんてのはいないし、食べるために殺すなんてことはあり得ないことさ。

毛をとって売ればそれ以上の食料や肉が手に入るんだから、当たり前の話で……そんなことをしようもんなら私はそいつを村から追放するだろうねぇ。

鬼人族の誰かに『メーア食い』なんて言葉を投げかけたなら、それは最大最悪の侮辱……自分の手足を食うような大馬鹿者という意味になる。

……が、絶対にあり得ないという訳じゃぁなくてね、メーアがそれを望み、飼い主がそれを受け入れたなら……メーアが寿命や病、怪我《けが》なんかで死んだ後に、食べることがあるねぇ」

と、そう言ってモールはメーアの葬り方についてを教えてくれる。

メーアは賢い、賢いからこそ死がどんなことであるかをよく理解している。

死を理解していれば当然のように死後のことを考える訳で……考えた結果遺言を残すことがある。

死後、自分の体は土に埋めて欲しい、焼いて空の向こうに飛ばして欲しい、獣や鳥に食べさせて自然の中に戻して欲しい、などなど……どう葬って欲しいのかの希望を言い残すんだそうで……その中には、飼い主、メーアにとっての家族に食べて欲しいというものもあるんだそうだ。

食べて血肉となり、家族を生かしたい、あるいは家族と一緒になって家族と共に生きていきたいと考えてのことで……それを家族が受け入れたなら、メーアを食べることもあるんだそうだ。

そうなるとそれは『メーア食い』とは全く別の、尊く誇らしい立派なことなんだそうで……そういった遺言を残してもらえる程にメーアを愛し愛され、メーアと一緒になった者は一目置かれる存在となり……鬼人族にとっての神官のような存在や、族長などに選ばれることになるらしい。

「なるほどなぁ……。

フランシス達が死んだら、なんてことは考えたくないが……その時は本人達の希望通りにしてやりたいもんだな」

説明を聞き終わった私がそう言うとモールは目を細めて……そうしてから金貨入りの革袋をつまみ上げて軽く振ってみせて……早く商人を連れてきてくれと言外に要求してくる。

それを受けて私は、

「分かったよ、今から呼んでくるさ」

と、返してから立ち上がり……モールのユルトを後にする。

モールのユルトを出ると、入る時にも見た鬼人族の村の光景が視界に入り込んでくる。

去年初めて目にした時よりも活気に満ちて、生まれたばかりといった様子のメーアの子供達も多く、あちこちを駆け回っていたり遊んでいたりして……鬼人族の子供も何人か生まれたのだろう、そこら中から子供の元気な笑い声や泣き声が聞こえてくる。

定期的に村そのものやユルトの位置を移動させている関係で、すぐには分かりにくいが明らかに村の規模も大きくなっていて……視界に入り込む人々の表情には余裕の色が見て取れる。

土地を分けたことでこの余裕が生まれたというのなら、ただの思いつきではあったけども、意味があったんだなと思うことが出来て……少しだけ誇らしい気分になりながらイルク村の方へと歩いていく。

それなりの距離を歩いて、遠くに見えてきたイルク村もまた大きく広くなっていて……たったの一年で色々な施設が出来たものだなぁと改めて思いながら足を進めていって、イルク村に入ったなら近くの犬人族《いぬびと》に声をかけ、ゴルディアがどこにいるかを尋ねる。

するとイルク村の西側……それなりに歩いた辺りに行っているらしいとの答えが返ってきて、そんな場所で一体何をしているやらと首を傾げた私は、犬人族に礼を言ってからそちらへと足を進めると……イルク村を出て少し進んだ街道の脇に立つゴルディアの姿が視界に入り込む。

紙とペンを手に何かを書いていて、恐らくは土地の測量とそこに建てるつもりの建物のための縄張りをしていて……その様子から何をするつもりなのか大体察した私は、そちらの話を置いておいて、まずはヤギの話だとゴルディアに声をかける。

「ゴルディア、鬼人族の村の方でヤギとかの家畜を必要としているんだが、仕入れられるか？

例の草のおかげで余裕が生まれるとかで、牧畜の手を広げたいようだ」

するとゴルディアはペンを走らせながら、手元に視線を落としたまま声を返してくる。

「ヤギくらいならなんとでもなるだろうさ、代金さえ支払ってくれるなら何十匹だろうと何百匹だろうと揃えてみせらぁ。

具体的な話は俺が直接行って聞いた方が良いだろうから……後で時間を作って行っておくよ。

……で、ディアス、俺がここで何をしようとしているか、お前に分かるか？」

「……以前にも口にしていたが、酒場を造りたいんだろう？　夜に騒がしくなるから村の外れ……というか外に建てて、迎賓館に来る客も狙いたいってところか？

街道沿いだから宿屋も兼ねるとか言い出しそうだな」

「……おお、宿屋まで見抜くとはなぁ……驚いた。

いや、まさかそんなにすんなり答えが出てくるたぁなぁ……お前もここで変わったっていうか、成長したってことなのかねぇ。

……まぁ、そういう訳でここに酒場を造らせてもらうぞ、なぁに……酒場があれば、これからのお前の仕事だって、うんと楽になるはずさ」

「酒場があることで私の仕事が、か？　領主の仕事と酒場に関係なんかないだろう？

むしろ酒に酔って暴れる者が増えて……忙しくなりそうなものだが」

半目になりながら私がそう返すと、駄目だとは言わないんだなと、そんな笑みを浮かべたゴルディアが酒場についてを語り始める。

曰く酒場はただ酒を飲むだけの場所ではない。

酒を求めて集まった人々が、酒で寛ぎ会話を交わし、友好を深める交流の場でもあり……酔っ払って暴れる者がいたなら上手く落ち着かせ、時には取り押さえ、病人には飲ませすぎないなど、酒好きや酔っぱらいを管理する場でもある。

そういった場であるからたとえば仕事の仲介、喧嘩《けんか》の仲裁、離婚など家庭内の問題解決などが行われることもあるんだそうで……公共の家《パブリックハウス》とも呼ばれる酒場《パブ》は、人が多く集まる場所……村や町なんかには必須の施設……なんだそうだ。

「……仕事の仲介はまだしも、喧嘩の仲裁なんかは役所とか、領主の仕事になるのではないか？」

そんな説明を受けて私がそう疑問の声を上げると、ゴルディアは首を左右に振ってから言葉を返してくる。

「イルク村くらいの規模ならまだしも、もっと大きな……数百人の村、数千人以上の町とかで、そんな細かい話まで領主が裁いていたら本来の仕事が出来なくなっちまうだろう？

だからそういった細かい話は酒場で、当人達と家族、村長やら町長、地主なんかを集めて話し合って領主に上げずに解決しちまうんだよ。

そんな訳で酒場は領主の身内、あるいは手の者……長年よく仕えた執事やその家族なんかが経営することが多いんだ。

他にも酒場の経営を許可制にして領主の管理下においたりな……質の悪い密造酒なんかを売られたりした日には領民が病気になっちまうからな、そこら辺の事情もあって、大体の領じゃぁそうしてるよ」

もちろん例外もあるし、有名無実化しているところもあるし、全てがそうではないが……少なくとも王国内の七、八割の酒場はそういう仕組みとなっているらしい。

そんなことを説明してなんとも良い笑顔に……そんな酒場を経営していた俺は凄いんだぞと言わんばかりの表情となったゴルディアは、更に言葉を続けてくる。

「入り口近くの壁なんかにポールが立てかけられた酒場を見たことはねぇか？　あれが領主公認の酒場って印で……しっかり『酒場の仕事』をやっていなかったり、質の悪い酒を出したりしたらポールが外されて……ポールがない状態で開店したなら領主に逆らったたってことになってお縄になるって仕組みなんだよ。

だからまぁ、お前の身内であるこの俺がメーアバダル領の酒場を取り仕切ってやろうって訳だよ、酒場運営の経験もあって領主の義兄弟となりゃぁ、これ以上の適任はいねぇだろ？」

そう言ってゴルディアは私の返事を待つことなく……待たずとも答えは分かっているという態度で説明を続けてくる。

酒場は酒を飲む場所なのだから当然のように多種多様な酒が置かれる。

中には酒精の強い……怪我の悪化を抑止し、病を払うとされている酒なんかもあるそうで……そこら辺の扱いに詳しい店員を雇って治療院のようなことをすることもあるらしい。

仕事の斡旋所《あっせん》で裁判所で治療院で、交流の場で。

ついでに宿屋で、酒を飲めて食事を食べられて……時には商売の交渉や契約の締結なんかを、酒場に来ている客……その村や町の有力者に見守られながらすることもある。

役所そのものというか、役所の出張所というか……地方によっては役所のない村だってあるし、領主の住まう館まで数十日、数ヶ月かかるような距離の村だって存在している訳で、領主や役所だけでは管理しきれない部分を管理してくれるのが酒場……なんだそうだ。

「酒場にはガラの悪い連中や余所者《よそもの》が集まるからな、そういった連中の情報を集めたり……表向き普通に暮らしてる村人の口を酒の力で滑らせてみたり。

そうすることで犯罪を未然に防ぐことも出来る訳で……なぁに、俺に任せておけば万事上手くいくだろうさ。

今はそんなトラブルも起きてねぇようだが……お前の戦友達だっていつかは結婚するんだろ？ そうしたら当然トラブルは起きるからなぁ……今のうちから準備はしておくべきだろうよ。

家庭内の問題ってのは、そいつがいくら善い奴でも、まともな奴でも起きるもんだからな……誰もがお前とアルナーさんみたいにはいかねぇってことだな。

ああ、ギルドとしての……商人としての仕事もしっかりやっとくから安心しろ、ヤギの入手もすぐに取り掛かって、良いのを手に入れてやるさ」

そう言ってゴルディアはどんな酒場を建てるのか、酒場にどんな施設を造るのかという縄張りと計画書作りを再開し始める。

今はメーアバダル領の職人である洞人族達のほとんどが関所造りと鉱山開発に動いている。

空いている人手はなく、余裕もなく、いくら縄張りをしても計画書を作ったとしても、すぐに酒場を造ることは出来ないのだが……それでもゴルディアは、関所造りや鉱山開発が落ち着き次第に酒場を建てられるよう、準備をしておきたいんだそうだ。

縄張りや計画書作りが終わったなら建材を仕入れ、道具を仕入れ、酒を仕入れて……まぁ、うん、酒があれば洞人族はいくらでも働いてくれそうではあるなぁ……。

「……ゴルディア、酒場を造ったら当然のように洞人族達が殺到するはずだから、洞人族の体に合わせたテーブルや椅子を用意しておいた方が良いぞ」

そんなことを考えて私がそう言うと……ゴルディアはその言葉を領主からの正式な許可と受け取ったようで、子供の頃にも見たことのないにんまりとした笑みを浮かべる。

そうしてゴルディアは今まで以上にやる気を出して作業を再開し始め……それを見た私は、酒場を造るならアレも必要かなと踵《きびす》を返して、ベン伯父さんの下へと足を向けるのだった。

酒場……ゴルディアによるとそれによっていくらかの防犯効果があるようだが、酒に酔って気が緩んだことにより起きてしまう犯罪というのもあると思う。

それを防ぐには酒場と対になるような、気を引き締めてくれる場が必要で……私はそれが神殿なのだろうと考えている。

神々が住まう場、そこから神々が見守ってくれていて……同時に厳しい目でもって私達の行いを見張ってくれてもいて……日々の生活の中でその神殿を目にすることで、正しくあろうと気が引き締まり、心を強く持つことが出来るはずだ。

酒場から一歩外に出て夜風に当たりながら、ふとした瞬間に酒場の窓から。

そういったタイミングで神殿を見たことにより、少しでも冷静になってくれるならそれだけでも価値はあるはずで……そういう訳で神殿についての話し合いをするために、ベン伯父さんの下へと足を向ける。

今日もベン伯父さんは広場の辺りで皆の相談役をしているはずで……広場に向かうと、伯父さんとセナイとアイハンの姿があり……3人は果物を手にワイワイと盛り上がっている。

「ディアス、お前もこれを食べてみろ、驚くぞ」

盛り上がる中でベン伯父さんがそう声をかけて手招きをしてきて……それに従い近付くと、伯父さんの足元には大きな陶器の器……以前オーミュンが造り出した冷却ツボが置かれていて、蓋のようにかけられた布をめくると、中にはいくつかの果物が入っており、伯父さんがその一つを手に取り、こちらに差し出してくる。

それは杏《あんず》の一種のようで……まだ少し早いというか、熟しきっていないそれを受け取ると驚くくらいにヒンヤリと冷えていて……一口かじったなら冷えた果汁が口の中に広がり、飲み込んだなら体の芯まで冷たさが伝わってくる。

「水が蒸発すればする程冷えるって話だったが……まさかここまでとはなぁ。

夏の暑さと乾いた風のおかげでぐんぐん乾いていてその分だけ冷えていって驚く程だ。

乾きが早いもんだから水を補充する回数が増えてしまうが……これだけ冷えてくれるなら大した手間ではないなぁ。

砂と水で重くなるのが欠点と言えば欠点だが……倉庫や竈場《かまどば》に置いておくならそれも問題にならない……いや、大したもんだ」

冷却ツボのことを見やりながらなんとも嬉しそうにベン伯父さんがそう語り……セナイとアイハンは冷えた杏をかじりながらなんとも不思議そうに冷却ツボのことをペシペシと叩《たた》いている。

水を通す大きなツボの中に、水を通さない小さなツボを入れて、その隙間を埋めるように焼いた砂を入れて……その砂に水を染み込ませると、大きなツボの表面からどんどん水が蒸発していって……水が蒸発すればする程、小さなツボの中身が冷える仕組み、だったか。

冷えるとは聞いていたものの、まさかこれ程とはと驚くばかりで……驚きながらも冷たさが心地良く、それに負けて杏を食べ進めてばかりいると、伯父さんが言葉を続けてくる。

「これもまた神々の御力という訳だな。

世の理《ことわり》、不変の道理、その先に神々があられる……ゆえに探究と学問は意義深いのだ。我々は所詮世界を動かす歯車の一部に過ぎないが、だからこそ回ることを止める訳にはいかない。もし止めてしまったなら、いつか世界を動かす歯車そのものが動きを止めてしまい、世界が終わってしまうからだ」

それは思わず昔の思い出が溢《あふ》れかえってしまう程に懐かしい……何度も耳にした聖句の一つで、言い終えるなり伯父さんはこちらに視線を向けて、私が言葉を返すことを期待しているようだ。

「……世界の歯車が絶え間なく回るから季節が巡り、朝と夜が来て、風が吹き波が立って、生命が巡る。

神々が造り出したその仕組みを参考にして作られた歯車が、様々な道具の要となり、荷を持ち上げ運び、我々の生活を豊かにしてくれている。

このことから分かるように学問は神々へと続く道であり敬愛の念である……。

……その教え、そろそろ相応《ふさわ》しい場で教えたらどうだ？」

すっかりと古くなった記憶をどうにか掘り返し、それをそのまま口にする形で私がそう言うと、ベン伯父さんはニヤリと笑い……セナイとアイハンと、それと2人の側で杏を食べていたエイマが、私が難しいことを言ったことに驚いているような表情を向けてくる。

……いや、うん、私だってこれくらいは出来るというか、聖句に関してはクラウス達の結婚式でも暗唱したじゃないかと思ってしまうが……ベン伯父さんの前であれこれ言ってしまうと、寝た子を起こすような結果に繋《つな》がってしまいそうなので何も言わずにベン伯父さんだけを見る。

するとベン伯父さんはぐるりとイルク村のことを見回して……後頭部を一撫《な》でしてから言葉を返してくる。

「……新道派に目をつけられてもつまらんと大人しくしていたが……まぁ、頃合いではあるんだろうな。

今は皆忙しくしているようだからすぐにという訳にはいかんが……どの辺りに建てるか、どういう間取りにするかくらいは考えておいた方が良いかもしれん。

神々の御使いたるメーアの家となるからにはメーア達の意見も集めなければならんし……うむ、そろそろ儂《わし》も重い腰を上げてやるとしよう。

だが流石《さすが》に儂1人で神殿を運営するには無理があるからなぁ……1人、信頼出来る者がおるんだが、ここに呼んでも構わんか？」

「ん？　まぁ、伯父さんが信頼出来るというのなら構わないが……その人は、どんな人なんだ？」

「旧道派の堅物で……堅物過ぎて新道派と馴れ合えずに苦しんでおるような奴だ。

聖地巡礼から帰還したばかりの儂にここまでの旅費を躊躇《ちゅうちょ》せずに渡してくれたくらいには真っ当な性格をしておるんだが……どうにも堅物過ぎてな、ここに呼んでやらんとまともに生きていくのも難しいに違いない」

「そういうことなら今度ゲラントに手紙を届けてもらえるように頼んでおくよ」

俺がそう返すと伯父さんはまたもニヤリと笑い……そして話を聞いていたセナイとアイハンがまた仲間が増えると喜び、目を輝かせる。

そしてどんな人が来るのかと、元気に楽しそうに会話し始め……それを聞きつけたのか、もっと早い段階から話を聞いていたのか、ヒューバートが駆け寄ってきて、声をかけてくる。

「ああ、ディアス様、人を呼んで良いと言うのなら自分も1人、呼びたい人がいるのですがよろしいでしょうか？

王城で働いていた女性で、自分と同じく陛下に忠を尽くしていた人物で……その長年の経験から必ずやメーアバダル領の役に立ってくれるかと」

「ふーむ？　王城で働いているような立派な人がこんなところまで来てくれるものなのか？

……それとその人をここに呼んだとして、具体的にどんなことをさせたいと考えているんだ？」

私がそう返すとヒューバートはこくりと頷いて、まっすぐな目でもって私のことを見つめながら言葉を返してくる。

「はい、彼女は王城で礼儀作法などの教育係をしていた方で……その、自分も含めメーアバダル領には貴族の作法や外交儀礼に関するしっかりとした知識を持っている方が1人もいませんので、その辺りを担当していただければと……。

大変顔が広いと言いますか、王国各地の貴族のことや帝国の外交官のことなどにも詳しい方なので、そういった面でも力になってくださるかと」

「……礼儀作法……？

一応その、伯父さん達からの教育でそれなりに出来ている方だと思うのだが、それでも必要なものなのか？」

「言いにくいことではありますが……はい、ディアス様もアルナー様もセナイ様もアイハン様も、平民として見るなら上品な方だと思うのですが、公爵家として見ると足りない部分も多く……。

サーシュス公やシグルザルソン伯はその辺りを気にしないお方でしたが、今後そういった面で難癖をつけてくるような方とお会いすることになるかもしれませんし……王都からここに来るまでにかかる日数のことも考えると早いうちに手を打っておいた方が良いと思います」

そんなヒューバートの言葉を受けて渋い顔をした私が伯父さんの方へと視線をやると、伯父さんは『儂は貴族ではないから知らん、貴族なのはお前だろう』と、そんなことを表情でもって伝えてくる。

それを受けて私は仕方ないかと内心でため息を吐き出し、ヒューバートにその旨を伝える手紙を書いてくれと頼み……どんな人が来るのやらなぁと頭をかきながら思いを巡らせるのだった。

その後の広場で――――ヒューバート

「……本当によろしいのですか？　ベンディア様……。いくら王都から距離があるとは言え新しい神殿となれば新道派が黙ってはいなさそうですが……」

頭をかきながらディアスが立ち去って、なんとなしにセナイとアイハンもディアスの後を追いかけていって……そうして2人きりとなった広場で、ヒューバートがそう声をかける。

するとベンは後頭部で結んだ髪を軽く撫でながら軽薄にも見える笑みを浮かべて言葉を返してくる。

「ベンで良い、ベンで……。

そしてまぁ、連中に関してはなんとでもなるだろうよ、関所があれば無理に押し入ることも出来んだろうし、神殿の連中くらいは追い返せる戦力も手に入った。

……新道派は亜人差別を是としておるからな、将来的に衝突が避けられないのだから、こちらも拠点を造り上げた上で腰を据えて取り組むべきだろう」

「……それはそうなのかもしれませんが……ベン様ともうお1人だけでは手が足りないようにも思えます。

確かにベン様には長年を聖地巡礼に捧げたという経歴があり、それは大きな武器になるかもしれませんが……それだけで新道派が黙るとも思えません。

せめてなんらかの成果があれば違ったのかもしれませんが、巡礼失敗となると……」

二十年以上を巡礼に捧げ、無事に帰還してきて……聖地に至らずともそれは立派な功績であり、神殿に在籍したままであれば大神官の位を得ていたはずで……。

だが今のベンはただの神官であり、何処《どこ》の神殿にも在籍していない存在であり……そんなベンが辺境に神殿を建てたとして、どれだけの影響力を得ることが出来るのだろうか。

そう考えて不安そうな顔をするヒューバートにベンは、更に軽薄な……ゾッとするような笑みを向けて淡々とした言葉を返す。

「おいおい、儂は聖地巡礼に失敗しただなんてそんなこと、一度として言ってはおらんのだぞ?」

瞬間ヒューバートは身を震わせ、その全身に鳥肌が立つ。

今目の前のこの人は何と言った？　聖地巡礼に失敗していない……？

聖地、かつて建国王と聖人ディアが神々に導かれて立ち入り、あらゆる知識と様々な武器を手に入れたとされる場所。

それがどこにあるのか、どんな場所なのかは一切の記録が残されておらず……王国の長い歴史の中で、その聖地を探し訪れる旅……聖地巡礼に出た神官の数は千をゆうに超えるという。

だが誰一人として聖地に至ることは出来ず、至っていたとしても帰還叶わず、聖地にあるという聖典の閲覧は、神殿、神官の悲願であり……それをベンは成したというのか?

そんなことを考えてヒューバートは唖然《あぜん》とするが、ベンが聖地巡礼に成功したとも言っていないことに気付いて目を丸くし、なんと言ったら良いのか困り果てたような顔をする。

そんなヒューバートの顔を見てベンは何も言わずににこりとだけ笑い、そのままいつものようにゆうゆうと歩き……自分のユルトの方へと去っていってしまう。

聖地に至ったのか至っていないのか、真実はどちらなのかと問いかけるべきか、ベンが自分から言い出すのを待つべきか……悩みに悩んで、そうしてヒューバートは自分なりの答えを出す。

少なくともベンは自分達の敵ではない、ディアスの伯父であり師であり、大神官の位を捨ててまで単身この地にやってきた程の人物であり……聖地に関して詳しく語らないのはそれ相応の意図あってのことだろう。

であるならばただの文官である自分がどうこう言うのは無礼にもなるはずで……そう考えてヒューバートは胸中で疼《うず》く好奇心をどうにか押さえ込んで、そうして大きなため息を吐き出してから……知人に送る手紙を書くべく、自分のユルトへと戻っていくのだった。

？？？？————？？？？


「ああ、そうか……やはりそうだったのか……やはり俺の判断は正しかったんだ。このまま……このままこの道を進んで正統を取り戻す……。あれが正統ってのも気に食わねぇが……しょうがない、世界のためだもんな」

そう声を上げた男の手には黒い何かがある、それは鋭い光を放っていて……暗闇の中の男の顔をぼんやりと照らしている。

——にて男は未《いま》だ燻《くすぶ》り続けている、動こうと思えば動けるが、今はその時ではないと自分で自分に語りかけながら。

そうやって燻り続けながらも男はあれこれと思考を巡らせていて……そうして次なる一手をどう打つべきかと、頭を悩ませるのだった。

竈場へと向かいながら――――ディアス

ベン伯父さん達との話を終えて、今のところ特に用事もないからとイルク村を見て回ることにし……その流れで竈場へと向かうと、夕飯の準備のためにと忙しく動き回る婆さん達と婦人会と、それとアルナー達の姿が視界に入り込む。

アルナー達……アルナーとスーリオ、リオードとクレヴェという珍しい組み合わせで何かをしているようで……どうやらスーリオ達はアルナーから料理というか、食事についての何かを学んでいるようだ。

エルダンの母ネハの意向で親善と勉強のためにイルク村にやってきた獅子人《ししびと》のスーリオ達は、私だけでなくモントやヒューバート、エイマからも様々なことを学んでいて……そしてアルナーからも主に狩りや家事についてを学んでいる。

狩りはともかく家事まで学ぶ必要があるのだろうか？　なんてことを思うが……まぁ、本人達が学びたいというのだから、好きにさせておくとしよう。

私だけでなくモントから様々なことを学ぶことで目が覚めた思いがしたらしいリオードとクレヴ

エ。

そんな2人の態度というか佇《たたず》まいというか、その姿はここに来たばかりの頃とは目に見えて違う、堂々かつ前のめりの……好奇心に満ち溢れたものとなっていて、スーリオもそんな2人を見習ってか、様々なことを学ぼうという姿勢を見せている。

そんなスーリオ達に対しアルナーは随分と熱心な様子で語っていて……私はその様子を遠目に見ながら立ち止まり、アルナー達の邪魔をしないように距離を取ったままどんなことを教えているのかと耳を傾ける。

「私達言葉ある者達……人間族や亜人族は所詮自然の一部でしかなく特別な存在などではない。自然に生かされ自然に守られ、生命の循環の一部であるからこそ日々を幸せに暮らすことが出来ていて……そのことを忘れると手痛いしっぺ返しを食らうことになる。

王国の連中の中にはこんなことを言う者がいるらしい、略奪は悪いことだと。

そう言いながら自分達は森や平原に住まう動物達を殺し奪い……つまりは略奪を繰り返しているという事実から目を逸《そ》らして、見ないふりをしているらしい。

動物は好き勝手に殺すが、自分達は特別だから殺されてはいけない、略奪されるのは間違ってる。

そんなものは傲慢だ、いつでも誰でも動物でも人でも、戦う力がなければあっさりと奪われてしまうのが自然だ、そんな中にあって人だけが例外ということはないんだ」

……家事についての話かと思ったら、また随分と物騒な話をしているようだ。

納得出来るような出来ないような……どうもアルナー個人の考えを話しているというよりも、鬼人族の価値観というか教えというか文化というか、そんなものを話し聞かせているようだ。

「この傲慢が過ぎると必要もなく動物を殺すようになり、草原や森を破壊するようになり……結果、動物の肉や木の実などが手に入らなくなり、報いが自分達に返ってくることになる。

弱いことは罪ではない、生まれたばかりの赤ん坊を罪人だという愚か者はいないだろう。

だが強くなければ奪われてしまう、かといって必要以上に奪えば自分に報いが返り……このことは狩りをする立場であるなら常に自分に問い続けなければならない。

武功を求めるのも良いが、大事なのは男気だ。家族を守るための戦い、家族を飢えさせないための狩り……それ以上に尊いことはないだろう。

では強いものが飢える家族のためにする略奪は罪なのか、それから家族を守れない弱さは罪なのか……この瞬間にも自分に問うと良い、朝目覚めた瞬間にも問うと良い、問い続けたからといって必ず答えが出るというものではないが、それでも問い続けてさえいれば、いざという時におかしな躊躇をせずに済むことだろう」

と、そう言ってアルナーは足元に置いてあった編みカゴへと手を伸ばす。

そしてカゴの中から一羽の鳥を、弓で射落としたらしい大きな鳥を取り出し、その首をスパンと短剣で切り落とす。

それからその鳥を事前に掘っておいたらしい穴の方へと持っていき……そこで血抜きを始め、スーリオ達に笑顔を向けながら口を開く。

「私は奪った命を出来るだけ美味しく料理したいと思っている、だからこういった作業もしっかりとやる。

味付けにもこだわるし、火を入れる時間や添える野菜にもこだわるし……そうすることで余さず食べて自らの命として……これが私なりの命への感謝と敬意だ。

これからする料理の中で、お前達も自分に問いかけ考え、命とどう向き合うのか、答えを探してみると良い」

するとスーリオ達はアルナーの気迫に圧倒されたのか背筋をピンと伸ばして尻尾もピンと立てて、そうやって全身を緊張させて、

『はい!!』

と、力のこもった声を張り上げるのだった。


翌日。

すっかりと人数が増えて全員一緒での朝食は無理となって、各々の職場で、あるいはユルトで、それでも皆と一緒が良いのであれば広場で……それぞれが選んだ場所での朝食を摂る。

そんな中私は広場で、昨日アルナーが言っていたことを思い出しながらの朝食を摂り……それが

終わったなら、さて、どうしたものかと周囲を見回す。

人数が増えたおかげというか何というか、片付けなどの雑務を自分でやる必要がなくなり、結構な暇な時間が出来てしまっていた。

よく働く犬人族達に、ジョー達に、洞人族達に。

今まで私がやっていた雑務や力仕事はその面々がやってくれていて、それでもあれこれと手伝っていたのだけど、ジョー達がここでの暮らしや仕事に慣れるにつれてその量は減っていって……。

その辺りのことを朝食時に皆に相談してみたのだけど、雑務よりもう少し領主らしい仕事をしても良いのではないか、なんてことを言われてしまって……うぅん、領主らしい仕事とは一体どんなものなのだろうか？

鍛錬や見回りをし続けても良いのだけど、領主らしいとは言えないし……ああ、そういえば増えすぎているらしい黒ギーのことがあったなと思い出す。

ゾルグから黒ギーが増え過ぎているという話を聞いて以降、皆で積極的に狩りを行い、その肉を美味しく頂いていたのだが……メーア達だけでなく白ギー達までが白い草を大喜びで食べているのを見るに、黒ギーも白い草を好んで食べるはず……。

まだまだ黒ギーはかなりの数がいるらしく、そいつらにメーアや家畜達の健康にも良いらしい白い草を食い荒らされるのも面白くないなと頷き、群生地の見回りと黒ギー狩りをするかと決めて、準備をしようとしていると、なんとも珍しいことに紙束を持ったナルバントがこちらへとやってくる。

「坊、こいつを確認してくれんか」

そう言ってナルバントは紙束を差し出してきて……それを受け取り目を通すと、街道、西側関所、北部鉱山、酒場、神殿それぞれの建設日程表なる図が描かれていて……今日から十日先までの、どこで誰が何人組で作業をするなどの数字が図の中に書き込まれている。

「一箇所を完成させてから次を完成させる……という方法ではないんだな。これだと人手が分散してしまって、色々と大変なのではないか？」

それを確認しながら私がそう言うと、ナルバントは「むっはっは！」と笑ってから言葉を返してくる。

「建築をしておるとどうしても粘土や糊土なんかが乾くのを待つ時間なんてものが生まれてしまってのう……他にもレンガが焼き上がるまで、木材の水分が抜けるまで、湧き出た水がはけるまでなど様々な理由で作業の手を止めることになるんじゃ。

仕事もないのに雁首《がんくび》揃えてもしょうがないからのう、他にも仕事があるんなら暇な連中をそっちに回した方が効率的で……坊も今後、領主としてオラ共にあれこれと依頼したり命令したりすることがあるかもしれないからのう、こういう風にするもんじゃと頭に入れておくと良いのう」

「……なるほど。

大人数で関所の工事をして……何かが乾くまで細かい作業用の数人だけ残して他で工事をして、

そこの何かが乾くまでまた別の場所でという感じか。

……作業のことを知らない私がこんな予定表を作るのはまず無理だろうから、その時はナルバントに手伝ってもらうことにするよ」

「うむ、頭に入れた上でそう思ったのならそれで良い、何かあった際にはこのことをよく思い出した上で、相談でもなんでもしてくれたら良い。その時はオラも全力で応じるからのう」

「ああ、分かったよ」

そう言いながら予定表を返すと、ナルバントはにっこりとした笑みを浮かべてくれて……それから私が向かおうとしていた私達のユルトの方へと視線を向けてから口を開く。

「ところで坊はこれから何をするつもりなんじゃ？　ユルトに戻ろうとしていたってことは……昼寝か？」

「いやいやいや、昼寝にしてもまだ早すぎるよ。ただ装備を取りに行こうとしていただけで……ちょっと黒ギー狩りでもしてこようかと思ってな、例の白い草を黒ギー達に食い荒らされる訳にはいかないだろう？」

私がそう返すとナルバントは、長いヒゲをゆっくりと撫で下ろし目を伏せて悩むような素振りを見せてから、言葉を返してくる。

「あの白い草を守ろうということ、それ自体は悪くないんじゃがのう、それを理由に狩りすぎないよう……黒ギーをいじめ過ぎないように気をつけるんじゃぞ？

あれが神々の贈り物で、神々が村の側だけでなく草原のそこら辺に生やしたものである以上は、黒ギーにだってそれに与《あずか》る権利はあるだろうしのう……仮に黒ギーに食い荒らされて全滅してしまったとしても、神々がなんとかしてくれるに違いなかろう。

……黒ギーもまたこの草原の住民……黒ギーにしか出来ない役割もあるはず。

北の山の狼達が食料豊富なこの辺りまで来ようとしないのは、もしかしたら黒ギーを恐れてのことかもしれん……黒ギーが減りすぎれば今度は狼達の対策に苦労するようになるかもしれんからのう」

その言葉を受けて私は以前戦った黒い狼のことを思い出す。

狼が変異したモンスター……そしてそれを追いかけてやってきたらしい狼達。

あれ以来見かけることなく、誰かが襲われたなんて話を聞かずに済んでいるのが黒ギーのおかげ……かもしれない、か。

「ああ、分かったよ、ナルバントの言う通り気をつけよう。

ただまぁ……今は草原暮らしになれたゾルグ達が増えすぎたという程の数になっているみたいだからな、ある程度は減るまで狩らせてもらうとするよ」

頷きそう返すとナルバントは、

「坊は素直で良い子じゃのう」

なんてことを言って笑いながら去っていって……妙に照れくさい気分となった私は頭を掻きなが

らユルトへと向かい、戦斧《せんぷ》を手にし……鎧《よろい》は一部だけ、腕や足の部分だけを身につける。

それだけでも攻撃を跳ね返す力は十分で、黒ギー相手なら大げさなくらいだろう。

胴や腰部分まで身につけるとなるとどうしても手間や時間がかかってしまうからなぁ。

それから洗濯をしていたアルナーに狩りに行ってくる旨を伝えて……一応の護衛役兼連絡役ということで２人の犬人族がついて来ることになって、まずはイルク村の周辺の白い草の群生地へと向かう。

イルク村から歩いてすぐのその辺りにはフランシス一家にエゼルバルド一家に、新参のメーア達の姿があり……白い草と白いもこもこで緑色一色のはずの草原を結構な割合で白色に染めていて……メーア達が美味しそうに草を食む中、厳しい顔つきで周囲を見回す護衛役の犬人族の姿もあり、なんとも静かでのどかな光景が広がっている。

ここは問題ないようだと次の群生地……北の方へと足を向けると、今度は馬達が白い草を食んでいて……そこから少し離れた場所ではロバや白ギー達が白い草を食んでいる。

馬は他の動物が食事した後の草を食べることを嫌うらしいのだが、ロバや白ギーは気にしないらしく、ある程度食べ終えて馬が移動したなら、そこへとやってきて食べ残しを食べて……また馬が移動したならそこへやってきて……と、そんなことを繰り返しているようだ。

北部の群生地はイルク村から見て北西の方角に広がっていて……群生地の三割程が私達の領地側、残りの七割が鬼人族の領地側という感じになっている。

そして馬達は犬人族達が毎日のように教え込んだ結果、そのことを理解してくれているようで……ある程度まで進み、そろそろ領地の境、打たれた杭《くい》が見えるなというところまで行くと、そこで足を止めて寝転んで食後の休憩を始める。

するとロバも白ギーも馬達に従って……というか、馬達を怒らせたくないといった様子で足を止めて、寝転んだりただただぼーっとして口を動かし続けたりと、それぞれの方法での休憩をし始める。

そんな平和な光景を少しの間眺めたなら今度は南へ。

南側の群生地はイルク村から見て南西側に広がっていて……ただ位置が北側よりもイルク村寄りといった感じで六割程が私達の領地側に広がっている。

北から南……それなりの時間をかけてそこに辿《たど》り着くと、十頭に満たない黒ギーの群れの姿があり……それを見た私は、こちらを睨《にら》む黒ギー達のことを見やりながらどうしたものかと頭を悩ませる。

私達に敵意を向けているのは一頭だけ、それ以外は及び腰で……なんとなくだが、メスなのだろうということが分かる。

お腹を大きくしていた時の白ギーによく似た体形、表情、雰囲気……恐らくあの黒ギー達はこれから生まれてくるだろう子供達のための食事をしているようだ。

いや、よく見てみれば何頭かはそのお腹の下に小さな子供を隠すように立っていて……授乳のための食事でもあったようだ。

仔牛の肉は特別美味しい、なんてことを聞いたこともあるけれど、ここで黒ギーを狩ってしまうのはナルバントの言うところの『いじめ過ぎ』になるだろうなぁと、そう考えた私は……ゆっくりと、視線は黒ギー達に向けたまま後ずさる形でその場を後にする。

野生の獣の中には視線を外した途端襲いかかってくるのもいるからなぁ……視線はそのままゆっくり音を立てずに後ずさっていき……犬人族達もそんな私を真似してついてきてくれる。

そうして黒ギー達が見えなくなるまで後ずさったなら……何の成果もなくイルク村に帰るのもアレだからなぁと、迎賓館の方へと足を向ける。

迎賓館に向かうと尻尾をピンと立てて周囲をキョロキョロと見回して警備をしている犬人族達の姿が視界に入り込む。

棚に並べていた芸術品などはイルク村の倉庫や私のユルトに戻していて、あるのは家具くらいのものなのだが、それでも良い品ばかりだからと警備が常駐している形になっている。

東側……隣領から延びている街道の本格的な作業がもうすぐそこまで迫っていて、街道敷設のために働く隣領の人々がこの辺りまで来るようにもなっていて、エルダンが問題ないだろうと送り出してくれた者達がまさかそんな犯罪に手を出すとは思えなかったが、それでもしっかり警備をしているんだということを見せることは重要なんだそうだ。

迎賓館はここがどんな領なのかを示す顔で、そこをしっかりと警備することで犯罪を未然に防ごうとしている領なのだということを示すことが出来るとかで……警備には結構な人員が割かれていて、交代しながら昼夜を問うことなく続けられている。

そんな警備に参加している全員が犬人族にとっての成人を迎えたばかりの若者達で……つまりはまぁ、新成人というか新人というか……領兵になったばかりの若者達に任される最初の仕事、ということになっているらしい。

無駄のようにも思える仕事を責任感を持って行えるか、長時間となる大変な仕事を辛くともやりきることが出来るか、仲間としっかり連携し、絆を深め一体感を築き上げることが出来るかなどを試す、新人育成の場という訳だ。

まぁ、責任感とか絆とかに関しては犬人族であれば全く問題なく、試す必要もないことなのだが……今後そうではない犬人族が生まれてくるかもしれないし、それ以外の種族の新人が領兵になるってこともあるかもしれないし、今のうちからそのための準備をしておくのは悪くないことなのだろう。

そんな風に警備が行われている迎賓館へと近付いていくと、警備の犬人族達がすぐに気付いてくれて、立てていた尻尾を激しく揺らすことで歓迎の意思を示してくれる。

それでも迎賓館の側を離れることはなく、周囲への警戒も怠っておらず……うん、しっかりと仕事をしてくれているようだ。

「お疲れ様、問題はないか？」

近付いて膝をついて、視線を合わせてからそう声をかけると、警備をしている3人の犬人族達は元気な声を返してくる。

「問題なしです！」

「誰もきませんでした！」

「お仕事くださりありがとうございます!!」

「うん、問題がないなら良かった、仕事もこれから色々なことを任せていくだろうから、よろしく頼むよ」

私がそう返すと最後に一番元気な声で返事をしてくれた犬人族が更に元気な声を張り上げてくる。

「はい！　今度子供も生まれるので頑張ります！」

「そうなのか、それはおめでとう、元気な子が生まれてくると良いな。

……ところで君達は成人したばかりと聞いていたんだが、もう結婚したのか？」

驚き半分というかなんというか……予想もしていなかった言葉にそう返すと、若者は首を傾げながら言葉を返してくる。

「成人したら結婚するものですし、結婚したら子供が出来るものですよ？」

「ふぅーむ……犬人族にとっての成人はそういうものなのか」

「はい！　群れが大変でご飯がない時は子供作らないようにしますけど、今はそうじゃないので！　働けば働くほど食べれるので皆結婚したがってますし、子供欲しがってます！」

「なるほどなぁ、ならこれからもそう出来るよう頑張らないとだなぁ」

そう言って犬人族達に笑顔を見せながら……私は改めて犬人族達について考え込む。

成長が早くてどんどん結婚して、どんどん子供を作って……そうするといつかは食料が足りなくなる。

セナイとアイハンが畑を作っているし、森でもあれこれと手を尽くしてくれているし、ガチョウなんかも増えていて……それなりに食料を得られるようになってはいるが、ここから更にというのは中々難しい。

畑を増やすのも家畜を増やすのも、この草原では限界があって……そこまで広くない森にもそこまでの期待は出来ない。

そうなると後は一応領地となっている南の荒野なのだけど……あそこで食料というのもなぁ。

荒野というとヒューバートは岩塩のために確保した一帯だけでなく、更に南の一帯も領地にしたいと考えているようで……更に南、荒野の南にあるだろう何らかの大地も領地に加えたいと考えているそうだ。

全くの無人の土地であるならば、そこは荒野のように早いもの勝ちになるそうで……そのうち余裕が出来たなら、そこに至るための整備をしたいらしい。

どのくらい続いているかも分からない荒野を越えるためには馬がいる、馬で移動するには水と草も必要で……そのためには井戸を掘る必要がある。

井戸を掘って水を手に入れたならそれを使って荒野の土壌を改良して草が生えるようにして……馬が通れる環境に整備していく。

だが荒野には岩塩鉱床がある、井戸を掘ったとして真水が出てくるかは分からない、荒野の南に何があるかも現状分かっていないし……荒野の南に敵対的な国があれば、そこまでの道程を整備してしまったことでこちらに侵略してくるかもしれないし……そもそもその整備にはとてつもない時間と手間がかかる。

手間と時間がかかるのに得るものがないどころか、何かを失ってしまうことになるかもしれず……それはとんでもない行為に思えるが、逆にかけた手間と時間以上の大きな何かを得られるかもしれない。

荒野に草が生えればそこから畑を作れるかもしれず、荒野で食料を作れるようになるかもしれない。

荒野が無理だとしてもその南にある何かで作れるかもしれないし……ヒューバートは荒野の南に、もしかしたら海があるのではないかと、そんなことを考えているらしい。

海は食料の宝庫だ、魚はもちろん貝なども獲れるし、荒野の岩塩で塩漬けにしたなら食料庫はあっという間に満杯になるだろう。

ヒューバートが言うには港が造れるような海岸の形になっていれば船での交易で更に多くの食料が手に入るとかで……そうなったら今の倍どころか十倍二十倍の人数でも養える、らしい。

交易には相手が必要だが、ヒューバートが言うにはその点に関して心配をする必要はないとかで……港さえあればあとは王様がなんとかしてくれるらしい。

『あくまで内政官である自分の意見ですが、陛下は十分な知識と先見性と決断力を備えた優秀なお方です。

外交、軍事に関しては畑違いなためなんとも言えませんが、内政に関してはまず間違いなく……二十年も戦争を継続させた手腕は伊達ではありません。

陛下があの地図を見たなら必ずやその可能性に気付いていることでしょうし、港を造り始めたと聞けばすぐに必要な手配をしてくれるはずです』

いつかに耳にしたそんなヒューバートの言葉を思い出しながら私は、私が黙り込んでいることを不思議に思ったのか全員で同じ方向に首を傾げ始めた犬人族達の頭を、順番に撫でてやる。

時間もかかる手間もかかる、必ず成功する保証はない……だけども、何か良い手はないものか、私なりに考えてみるのも悪くないのかもなぁと、そんなことを思い……あれこれと思考を巡らせるのだった。

それから私は、自分だけで考えても埒《らち》が明かないと荒野のことを皆に相談し……その結果、セナイとアイハンから一つの案が出た。

それは乾燥に強い植物……名もなき雑草の類《たぐい》を少しずつ、セナイ達の魔力での補助をしながら荒野に植えていこうというものだ。

それがどんなに小さく弱々しい草でも、一度生えさえすれば土が柔らかくなり、虫が来るようになり、それらが増えることで少しずつ植物が生えやすい環境になっていくとかで……井戸とか馬用の草とかは、焦っても良い結果にはならないので後回しにし、まずは荒野の環境を良くしていくべき……とのことだ。

大地に魔力を込め、種を植えて、砕いた葉肥石などと少しの水を撒《ま》いて、後のことは自然に任せる。

その方法はすぐには結果の出ない気の長いものとなるようだが、人手が余っているとは言えない現状を思えばそう悪くない選択肢だろうとなり……話し合いの結果、その案を採用することになった。

そんな風にセナイとアイハンの力を借りたとしても、岩塩鉱床やその周囲に草を生やすことは難しいんだそうで、岩塩鉱床を避ける形で南に向かって植えていくことになる。

荒野の先に何があるかは分からないが……いつかは辿り着けると信じてこつこつ行っていって……結果が出るのはセナイとアイハン曰く、数ヶ月どころか数年後になるかもしれないとのことだ。

食糧問題解決のための荒野開拓だった訳だが、そんなに時間がかかるとなると全然問題解決出来ないというか、意味があるんだろうか？　なんてことを思ってしまう訳だが……大した手間も金銭もそんなにかからない訳だし、一度やっておけば時間が経てば経つ程効果が出るものでもあるようだし……次の一手を思いつくまではこの案を頑張っていこうと思う。

そういう訳で翌日、早速荒野に向かうことになり……私とアルナー、セナイとアイハンとエイマとサーヒィという面々での出立となった。

私達は馬に乗り、サーヒィは私達を先導する形で空を飛んでの案内役で……サーヒィを追いかける形で私達の先を進むセナイ達は、仕事というよりもちょっとしたお出かけ気分で、馬上で浴びる夏の爽やかな風を楽しんでいる。

馬の体温というのはかなりのもので、その汗からくる湿気と共に上に……背に乗る私達の方へとむわっと上がってくるのだが、常に吹き続ける草原の風のおかげでそこまで気にはならない。

私もまたセナイ達のように風を楽しむことにし……そうする中でふと見上げると雲一つない青空が広がっていて、その光景に思わず目を奪われてしまう。

「うぅむ、こうして見ると草原の空は高くて広いなぁ。

周りに建物もなくて木もなくて、視界に入るものがないからか、視界全部が空って感じだ」

空を見上げながらそんなことを呟《つぶや》くと、しっかりと聞き取っていたらしいアルナーが、赤毛の愛馬……カーベランをこちらに寄せながら言葉を返してくる。

「それは馬に乗っているからだろうな、その分だけ視線が高くなって、余計なものが目に入らないんだ。馬に乗ったまま小高い丘のてっぺんに登ると、更に空が広がるぞ。

生活に欠かせない存在で愛らしくて、そしてこういった世界を与えてくれて……だから私達は馬が好きなんだ」

そう言ってアルナーは柔らかく微笑み……私は進路をベイヤースに任せ、アルナーと言葉を交わしていく。

そうして荒野に到着したならセナイ達の仕事を手伝い、終わったならまたお出かけ気分で散歩をし、イルク村へと戻り……それからしばらくの間私達は、街道造りや関所造り、酒場や神殿造りがある程度落ち着くまでの間、そんな日々を繰り返すことになるのだった。

マーハティ領の東隣の二つの領で――

ある夏の日、一年近くかかった戦後復興に関する奉仕活動をどうにか終えた2人の領主……エルアー伯爵とアールビー子爵は、ようやくそれぞれの領へと帰還することが出来、それぞれの方法でそのことを大いに喜んでいた。

エルアー伯爵は身内を自らの屋敷に集めて厳かに夜会を開き、アールビー子爵は身内だけでなく領民達を集め、宴を開いて飲んで食ってようやく自由になったと大いに騒ぎ……久々の貴族らしい活動、社交に勤しんで……。

彼らはこの一年、貴族社会から……彼らが思うところの真っ当な暮らしから隔絶されていた。

その理由は自分、あるいは先代が出兵を拒否したからで……その懲罰として彼らは家臣や兵士達と共に戦地での復興活動を強制されていたのだ。

もちろん出兵拒否が大問題であることは彼らも分かっている、カスデクス公がそうしていたからと、深く考えずに真似をしたことがとんでもない愚行であることも理解している。

だから彼らは王城に深い反省を記した書状を送っていた、文官達にいくらかの賄賂も贈っていた、自分達が有する兵力が極僅かであることを示す書類も送っていて……そうした工作が実を結んだのか、彼らはその程度の懲罰で許されるという幸運を手にしたのだった。

その幸運を受け入れないのであれば首が飛ぶ、家が焼かれる、領地が奪われる……そうした事態から守ってくれるはずの派閥の主、カスデクス公が命を落としてしまったということもあり、彼らは素直に懲罰を受け入れた。

貴族の義務たる出兵を拒否したことを思えば、その懲罰の内容は寛大過ぎる程寛大なものだったのだが……それでも彼らにとって何の得にもならない奉仕活動はかなりの苦痛で、更には活動をしていた地の主、サーシュス公が様々な嫌がらせをしてきたことにより、その日々は2人にとって地獄と言っても過言ではないものとなっていた。

自領が戦火にさらされ、多くの家臣や家族親戚を失い、自らも剣を振るい続けることになり……

そんなサーシュス公から見れば彼らは最低最悪の裏切り者で、むしろ嫌がらせ程度で済ませてくれたことに感謝すべきなのかもしれないが、２人は感謝どころか恨みを抱くようになり……そうしてそれぞれ別の場で同時に同じような言葉を吐き出す。

「まったくサーシュスのボケ老人め、よくもこの儂にあんな真似をしてくれたものだ！」

「まったくサーシュス公は、よくもまぁこの私にあんなことを出来たものですよ！」

与えられる食料は兵糧の余り物、服や靴も鹵獲《ろかく》品ばかり、道具もまた使い方も分からない帝国産の鹵獲品ばかりで……挙句の果てにそれらの対価として多額の請求を行ってきて。

酒は飲めず女に会えず、誰かに救いを求めようにも他の貴族との連絡を絶たれ、どうにか時流を読もうにも入ってくる情報はサーシュス公が意図的に捻《ね》じ曲げたものばかり。

刑期が終わっても尚苦しめてやろうと……２人が簡単には時流に乗れないように、社交界に戻れないように、でたらめな情報ばかりが入ってくるように仕向け……領地に残した家族や妻からの手紙さえ、内容が改変されている始末。

そうした環境に長くいたせいか２人は新鮮な情報に飢えており……夜会や宴の中で様々な問いを家族や友人、客人に投げかけていく。

そして偶然２人の耳に、同時にある情報が届けられ……またも２人は意図せず同時に同じような声を上げる。

「あのディアスが公爵になっただと!?　あり得んだろう！　平民が公爵などと!!」

「あのディアスが公爵になっただって!? あり得ないでしょう! あれが公爵だなんて!!」

正確に言えばディアスは平民からいきなり公爵になった訳ではなく、平民から草原伯という一代限りの特例爵位となっていて、そこから公爵に陞爵《しょうしゃく》していたのだが……ディアスすら知らないその情報を知る由もない2人は勘違いをしたまま情報収集を続ける。

すると王と王位後継者達と、八大公爵のほとんどがディアスの陞爵に賛成していたため、誰もそれを止めることが出来なかったとの情報が飛び込んでくる。

ディアスを嫌うディアーネとマイザーは失脚、八大公爵のうちカスデクス改めマーハティ公とサーシュス公は賛成どころか推進派で……他の公爵達も程度の差はあれど大体が賛成の意を示していて……公爵未満の爵位の者達が嫉妬などを原動力として反対の声を上げても、まったく何の意味も成さない状況が出来上がってしまっていたらしく、話が持ち上がった時には既に決定が下されているような状態だったようで……。

「ふぅむ……貴族の世界を知らない新参が公爵か……。であるならば毒気も腹黒さもないのだろうし……マーハティ公と仲が良いのであれば、友好関係を結ぶのも悪くないかもしれんな」

エルアー伯爵はそんな感想を漏らす。

「馬鹿な! 絶対に認められんぞそんなこと!! 貴族をなんだと思っている! 爵位をなんだと思っている! 我がアールビー家が子爵位を得るまでにどれだけの苦労をしたと思っているのだ!!」

アールビー子爵はそんな感想を漏らす。

ここに来て全く逆方向の結論を出すことになった2人は、それぞれの方針のための情報収集を開始する。

エルアーもアールビーもほとんどの領地をカスデクス公に売ってしまった弱小貴族である。

貴族としての体面をどうにか維持出来る程度の力しか持っておらず……そんな有様で今まで生き残れたのは、カスデクス公の派閥にあり、カスデクス公が作り上げた西方商圏の一部としてその恩恵に与っていたからである。

「やはりメーアバダル領とマーハティ領の間で商売が行われていたか……ふむ、我が領の名産品をいくらか贈ればその流れがこちらまで来てくれるかもしれんな。

西方商圏の夢よ再び……といったところか」

「はっ……いくら形だけの爵位を得たからといって下賤な平民が公爵に……貴族の中の貴族になれるものかよ！

すぐにボロを出すのが道理！　そこを突いてディアスの本性を暴けば、このアールビーの名誉を高められるに違いない!!

そうしたなら今度こそ西方商圏の中枢を担うことが出来るに違いない!!」

片方は夜会の中で、片方は宴の中でそんな結論を導き出す。

そうして2人はそれぞれに全く逆方向の動きを見せ始め……マーハティ領の東隣にある二つの領

が、領主の帰還もあってか騒がしくなっていくのだった。

よく晴れた日に小川の側で――ディアス

馬に乗ってアルナー達と出かけた日から数日が経って……草原の夏には珍しい三日も続いた雨が終わり、ようやく空が晴れ渡った日の朝食後。

「今日は皆で洗濯をするぞ！」

とのアルナーの宣言を受けてその日は、建設で忙しい洞人族以外の皆で洗濯をすることになった。

雨が降るとしっかりと洗濯が出来ず、太陽の下で服を干すことが出来ず、すると服の色がくすんだりカビが生えたりして……結果、服がひどい臭いを放つようになってしまう。

一度そんな風になってしまうと、特殊な方法で洗濯をしないと臭いが取れないとかで……そんな状態となった服や、雨のせいで洗濯出来なかったものなんかをしっかり洗うためにアルナーは、私達の手を借りたかったんだそうだ。

人数が一気に増えた結果、毎日の洗濯物は山盛りとなっていて、それらを洗うだけでも結構な重労働となっているところに、特殊な洗濯やら雨の間に溜まったものの洗濯やらが重なると流石に手が足りないとかで……洗濯の大変さを戦地での日々で思い知っている私達は、否やもなく頷いて普段アルナー達が洗濯をしている小川近くの一帯へと足を向ける。

するとそこにはいくつもの洗濯物の山が出来上がっていて、驚く程の数の洗濯桶と洗濯板が用意されていて……そして何故か竈《かまど》と大きな鉄鍋までが用意されていた。

「……鍋？　石鹸《せっけん》でも作るのか？　石鹸って確か動物の脂を煮込んで作るんだよな……？」

それを見て私がそう疑問を口にするとアルナーは、婦人会に所属している犬人族の婦人達とジョー達に指示を出してから、こちらへとやってきて答えを返してくる。

「これから洗濯をするというのに、今から石鹸を作ったのでは間に合わないだろう。

あの鍋は洗濯用……煮洗いをするためのものだ」

「……煮洗い？　洗濯物を煮るのか？」

「ああ、変な色がついたり臭くなった洗濯物は煮洗いをすると白くなって臭いも取れて、まるで新品みたいな仕上がりになるんだ。

動物の毛糸で編んだ布のような熱に弱いものには使えない方法だが、麻布とかメーア布とか熱に強いものには良い方法でな……石鹸や薬草、塩や塩に似た石なんかを粉々にして入れて煮込むと更に綺麗に仕上がってくれるな」

「……まるで料理みたいなんだなぁ、まぁでも、煮込むだけなら私にも出来そうだ。

洗濯はどうにも苦手でなぁ……力を入れ過ぎるとすぐに洗濯物がボロボロになってしまうんだよ」

私がそう言うとアルナーは「そうだろうな」とでも言いたげな表情で笑い……それから竈の用意をし、私に火付け杖を手渡してから、早速洗濯を始めた皆にあれこれ指示を出していく。

洗濯板で洗えるものは洗濯板で……大きく力が必要なのは主にジョー達が担当。

洗濯板では洗えない……というか、洗えるには洗えるのだけど傷つけてしまいそうなものは桶に沈めての踏み洗い、これはセナイとアイハンや犬人族達が担当。

マヤ婆さん達はそれぞれのフォローに入ったり、穴が空いたりした洗濯物の修繕を行ったりして……そして私は火付け杖が使えるからと煮洗い担当。

鍋を用意し、水を入れて煮立てて……洗濯物を入れたらアルナーに指示された通りの石鹸や薬草などを入れて……後はぐつぐつと煮込み、時折木の棒を突っ込みかき混ぜ……それ以外はただ待つだけ。

煮込み終わったら棒で挟んで鍋から取り出し……水を張った桶に入れて汚れを揉みだしたら洗濯完了となる。

夏の暑さの中やるのは中々大変だったが、アルナー達は毎日これをやってくれている訳で……竈場での料理のことも考えたらこのくらいはなんでもないだろうと、黙々と洗濯物を煮込んでいく。

そうやって昼近くまで煮込んで汗だくとなり……太陽を眺めながらぽつりと、

「竈場のような洗濯のための場所を作っても良いのかもしれないなぁ」

と、言葉を漏らすとたまたま近くを通っていたアルナーが物凄い勢いで私の目の前にやってきて、

「なるほど、その手があったか!! 竈場を作った時にどうして思いつかなかったんだ！」

と、力強い声を上げる。

川の近くに床を敷いて屋根を作って、水くみをしやすい場所や座れる場所なんかを作り、雨の日でも洗濯が出来るようにして……洗濯物を干せる場所もあれば晴れの日ほど乾かないにしても、便利になるはずで……そんなことをアルナーが笑顔で語っていると、これまた物凄い勢いで洞人族のオーミュンがこちらに駆けてくる。

「確かにそれは良いかもしれないわねぇ！

鍛冶仕事にも布は必要だし、汗をかく仕事だしでアルナーさんには迷惑をかけてばっかりだったから、洗濯場……アタシ達で作っちゃうわよ」

駆けてくるなりそう言ってくるオーミュンに私が他の仕事があるだろうと言いかけると、それよりも早くオーミュンは西の方を指さしながら言葉を続けてくる。

「西の関所に続く街道造りはもう少しで終わるし、酒場の方もほぼほぼ出来上がり……そうなると少しだけ手が余るから床と屋根くらいはどうとでもなるわよぉ。

いっそ洗濯板や桶、煮洗い用の鍋も洗濯用に改良しても良いかもしれないわねぇ……。

そこら辺の工夫は息子が得意だから、息子と話し合って考えておくわ」

その言葉を受けてアルナーはいつにない大きな笑みを浮かべて、オーミュンの手を取りあれこれと話し合い始める。

……まぁ、手が空いているなら洗濯は毎日のことだし、少しでも楽になるようにしてもらった方が良いのかもしれないな。

しかし造りかけだった街道はまだしも、酒場まで完成間近とは……と、そんなことを考えているとオーミュンの息子、サナトが広場の方からやってきて声をかけてくる。

「酒場、完成したぞ。

石造りにする予定の関所や神殿とくらべて、木造で済む分楽っていうか……そこまで凝った造りにする必要もないからな、簡単だったよ。

宿も併設するとなると面倒だったんだが、そういうのは迎賓館があるから後回しで良いってことになってな、調理場と地下貯蔵庫に手間取ったくらいのもんだったな」

「おお、そうか、ありがとう……随分と早く出来上がったんだなぁ」

私がそう返すとサナトは「洞人族だからな」とそう言って笑い……それからあれこれと語り合っているアルナー達へと視線をやる。

そうしてアルナー達の会話へと耳を傾け……洗濯場を作ろうとしていることを理解すると何も言わずに頷いて、しゃがみ込み、地面に指で洗濯場の設計図らしきものを書き始める。

「川の側ってのが厄介だなぁ……地盤が緩いし、増水する可能性だってあるし、そもそも流れが変わることも……。

いっそ小さくても良いから土手を作って流れを安定させるか……？　村の側くらいはそうしたほ

うが良いかもしれないな……」

書きながらそんなことを呟いたサナトは、また何かを造ることを思いついてしまったのか、洗濯場とは比べ物にならない規模の図を書き始める。

その様子を眺めた私は、せっかく酒場が完成して仕事が片付いたばかりなのになぁとそんなことを思いながらも、サナトの好きにさせてやるかと何も言わず、静かに見守るのだった。

その日の昼過ぎ。

酒場が出来上がったとなって、ゴルディア主催による酒宴が行われることになり、酒を飲みたい面々……アルナーや洞人族が酒場に集合し、一致団結しての準備が行われ、夕方には準備が完了し、直後集まった面々が木造平屋造りの酒場へと雪崩込《なだれこ》んでいく。

そしてすぐに木のコップを叩きつけ合う音が聞こえてきて……直後、地鳴りかと思うような皆の歓声が響いてくる。

酒場の入り口をなんとなしに眺めていた私は、その歓声に怯《ひる》みながらもフランシスとフランソワの頭突きに押される形で酒場の中へと足を進める。

「メァ〜メァメァ」

「メァーン」

領主のお前が参加しなくてどうすると、２人はそんなことまで言ってきて、それから私を追い抜く形で酒場の奥へと駆け込んでいく。

２人が駆けていく酒場の中は、木のテーブルと木の椅子が所狭しと並び、ランプだけでなくいくつもの天窓があるおかげでとても明るく、その天窓からは爽やかな風が吹いてきている。

草原の風は季節ごとに一定の方向から吹いてきていて、複数の天窓はその風を取り込む形になっているらしく、風を取り入れる天窓と吐き出す天窓があり……風を取り入れる窓の真下には、風と一緒に入り込んできたゴミなんかを受け止める溝なんてものも作ってある。

そして奥には竈場のような調理場があり、酒の管理をする地下室への入り口があり……今後ゴルディアはそこで働きながらギルドの仕事をしていくことになるそうだ。

調理場の近くには横に長いカウンターがあり、そこにつく客のための椅子があり……カウンターの側には楽団や吟遊詩人、踊り子のための台があり……そんな台の上へとフランシスとフランソワが駆け上がる。

「メァッメァーンメァメァ～」

「メァ～メァメァ～メァメァ」

そして２人で交互にまるで歌声のような鳴き声を上げて……それを受けて酒場の皆が大歓声を上げて盛り上がる。

席を埋め尽くす洞人族達、カウンター席にはアルナーとナルバントとサナトとオーミュン、カウンター奥にはゴルディアがいて……アイサとイーライも手伝いということで調理場を出入りしている。

　更に何人かの頭巾とエプロン姿のシェップ氏族の女性も調理場を出入りしていて、簡単な料理や配膳は彼女達が担当しているようだ。

　そしてカウンター席のアルナーが私に向かってこっちに来いと、隣の席に座れと仕草で示してきて……素直にそれに従うと、酒を酌み交わしながらのサナトとナルバントの雑談が聞こえてくる。

「親父、今度村の側の小川に土手でも作ろうかと思うんだが、どう思う?」

「んん?　おぉ……それは悪くない考えじゃのう、土手を作って流れを整えれば、小川の水量が安定して勢いが増して、荒野の向こうにまで延びていくかもしれん。

　そうなればセナイ嬢ちゃん達がやろうとしている、荒野の開拓にも良い影響を与えられるかもしれんからのう。

　治水に関しては確かヒューバート坊が詳しかったはずじゃからのう、コツや注意点を聞いておくと良いのう。

　ヒューバート坊でも分からないようなことがあればベン坊にも聞いてみると良いのう」

「……親父からするとベンさんも坊や扱いなのか……いやまぁ、年齢的にはそうなんだろうけどさ」

「むっはっは、若い若い、皆若くて元気で良い村だのう、そして良い村には良い酒が合うもんだのう」

そんな言葉を合図に2人はコップの中の酒を一気に飲み干し、それからまた別の話題で盛り上がっていく。

盛り上がる2人の様子をオーミュンは静かに微笑みながら眺めて、そうしながらグイとコップを持ち上げて酒を飲み……フランシスとフランソワはそんな一家の様子を見てなのか、もっと飲めもっと騒げと歌で盛り上げていく。

すると酒場全体が盛り上がり……そこら中から様々な声が上がり、様々な会話が私の耳に飛び込んでくる。

「鉱山はどうだ?」

「しばらくはガス抜きだな」

「街道は良い仕上がりになったなぁ」

「石畳に不慣れな馬達が壊さないよう、蹄鉄《ていてつ》の管理もしていかないとなぁ」

「関所はようやく完成度一割ってとこか?」

「長がこだわりすぎなんだよなぁ、完成図を見たがドラゴンの群れと戦うつもりなのか?」

「神殿は色んな彫り細工が出来るから楽しい仕事だよな」

「岩を割って削って彫って、これでもかと手をかけて荘厳に……洞人族の本領発揮だよなぁ」

「柱にメーア、壁にメーア、床にメーア、手すりもメーア、更にメーアの御神像……今なら目をつぶった状態でもメーアの彫り細工が作れちまうよ」

「洗濯場の仕事は面白そうだなぁ」

「なんか良い洗濯道具の案はないもんかねぇ？」

「作ってみるしかねぇだろうよ、なんでもとりあえず作ってみれば先が見えるってもんだ」

「風車と連動する洗濯道具を作るしかねぇだろう！」

「がっはっは！　服があっという間にズタボロになるぞ!!」

酒を飲んでヒゲを濡らして、顔を真っ赤にしてそんなことを語り合って。

ただ酒を飲むだけでなく、会議の場というか打ち合わせの場というか……普段の会話とは少し違う雰囲気があり、酒が入っているからこそ弾む話もあるようだ。

中には設計図や仕事道具を手に酒を飲んでいるものもいて……そんな中アルナーは黙々と出される料理と酒を楽しんでいる。

「ふーむ、これが王国料理か、マヤ達の料理とはまた違うんだな」

「王国料理というか、酒場料理になるけどな、酒を楽しむための酒がうまくなる料理だ」

「……ふむ、出てくる料理をただ食べる立場というのも悪くないものだな」

カウンターの向こうのゴルディアとそんな会話をしながらアルナーはどんどん食べどんどん飲み……自分の知らない料理が自分で料理することなく出てくるというこの状況を存分に堪能しているようだ。

アルナーのように息抜きが出来て、洞人族達のように仕事が捗《はかど》って……これから来るらしいジョ

ー達も悪くない酒を楽しむのだろうし……うん、酒場もこうして見ると中々悪くないもんだなぁ。

そう考えて私は隅に置いてあった椅子を手に取り……フランシス達が踊り歌う台の前へと持っていってそこに置き、それからセナイ達が荒野から戻ってくるまでの間、そんな酒場の雰囲気とフランシス達の芸を存分に楽しむのだった。

マーハティ領へと続く街道を走る箱馬車の中で――――ある女性

琥珀《こはく》のつるの眼鏡をかけ、くすんで白髪が交じり始めた金髪は頭の上で丸くまとめ上げ、一切の装飾のない革コートとスカート、革ブーツを旅装とし、膝の上には大きめの旅行鞄を乗せて。

揺れる馬車の中、表情を変えず年の頃、五十程のその女性はただただ馬車が進む先……正面を見据えている。

同乗することになった中年の男性が雑談をしようと声をかけると女性は、にっこりと微笑み簡単な答えを返すが、その微笑みは心からのものではなく、社交辞令として作り上げたもので……女性のピンと伸びた背筋は男性が何を言おうとも、馬車がどんなに揺れようとも緩むことはなく、まるで鋼かと思うほどに硬く張り詰め続けている。

それは肉体的にも精神的にも負担のかかることのはずだが、女性は心の底に抱く誇りと使命感でもって耐え抜き……早く目的地につかないものかと、早くかの人物に会いたいと、そんなことばかりを内心で考える。

国王の信頼篤《あつ》い、救国の英雄たる公爵様が自分の力を求めている。

自らは未熟な成り上がり者だからと、女性の持つスキル……社交マナーを学ぼうと破格の雇用条件を女性に提示してくれている。

かの地は王都に比べれば寂れており開発も進んでおらず、家屋敷すらなく幕屋で日々を過ごしているような場所だとかで、そこでの生活は厳しいものとなるそうだが……そんなことなどまるで問題ではなく、ただただ女性はかの公爵に会える日々のことを想い、正面を見つめ続ける。

鉄仮面、鉄壁、鉄心、従容自若。

王都でそんな風に呼ばれていた女性の心は、実のところ女性が生涯の伴侶と結婚した日以上に弾んでいたのだが……それでも女性はそんな様子をおくびにも出さず、内心にしまい続けていて……周囲の人間がそのことに気付くことは一切ない。

寂しがり屋の旦那を王都に置いてきてしまったことは少しだけ気がかりだが、公爵領からは伝書鳩を使っての郵便が可能らしいので、生活が落ち着いたなら手紙でも送って呼びつけるなり、活を入れるなりしたら問題はないだろう。

（……必ずや公爵様を立派な紳士に、そして奥様とお嬢様を立派な淑女にしてみせますとも）

あれこれと思考を巡らせた末にそんなことを考えた女性は、荷物を抱える手に周囲にバレない程度の力を込めて……そうすることで全身に少しだけ気の早いやる気を漲《みなぎ》らせるのだった。

マーハティ領東隣の伯爵領の屋敷で――エルアー伯爵

かつて所有していた土地のほとんどを売り払った結果、マーハティ領の東端に張り付いたような形で地図に描かれるのがエルアー伯爵領である。

北にアールビー子爵領があり、南に荒野があり……年々広がる荒野に農地を圧迫されてしまい、職を失った農民達の生活のためにと土地を売り払い……売り払いすぎたがために今ではすっかりと、伯爵らしからぬ暮らしぶりへと落ちぶれてしまっている。

落ちぶれながらも僅かに残った農地を懸命に改良し、酪農との組み合わせでなんとか財政を維持し……そしてマーハティ領からのおこぼれ、大商圏への通り道だからと行き交う商人達からの収益でどうにか日々の暮らしも維持出来ていて……僅かな領民達からは相応に愛されているという。

そんなエルアー伯爵の屋敷は、かつての栄光ゆえか領地に似合わない立派なものとなっている。

大庭園があり、大庭園を両腕で抱くかのように広がる屋敷があり……そんな屋敷と大庭園を見上げる程の高さの柵が覆っていて、門の荘厳さは古びてはいるが中々のものだ。

そんな屋敷の一室、古めかしい家具と絵画が並ぶ執務室で、年は四十、大きな腹に薄くなった金色の頭髪、残り僅かな髪を頭の後ろで結わえた男が大きなソファに腰掛けながら、灰色の目を懸命に動かし報告書を読みふけっている。

かつての建国王がそうしていたという髪型、後頭部で結んだ髪は紳士の証とされていて……かなりの量となっている紙の束を読み進めた男……エルアー伯爵がその紳士の証をちょいちょいと弄《いじ》りながら声を上げる。

「かのメラーンガルに足を運んでおいて、女にも酒にも流行《はや》りの服や装飾品にも手を出さず、ただ家畜だけを買い求めた？

総額は推定で金貨２００枚以上……？　それだけの金があって家畜だけとはなぁ。

いや、家畜がいれば畑は耕せるし、いざという時には肉になるしで理解は出来るのだが……なんとも成り上がり者らしからぬ話ではないか……。

そも家畜の仕入れなんてことは商人に任せてしまえば良いはず……」

その声を受けて報告書をここまで持ってきて、壁に寄って控えていたエルアーの部下は、何も言わずにただ目を伏せる。

「……ふむ、理由までは分からなかったか。

平民生まれで貴族がなんたるかを知らぬ男……農民の生まれで大量の家畜を所有することに憧れ

があり、それこそがメーアバダル公にとっての贅沢だった……ということか？

ふぅむ……もしそうであるなら名産品の他に家畜を贈るべき、か？

しかしメラーンガルの質の良い家畜を買ったばかりとなると、下手な家畜を贈っても喜ばれないかもしれんなぁ……。

……我が領にしか存在しない家畜なんてものはいないしなぁ……ああ、いや、数年前に迷い込んだアレがいたか、あちらにも荒れ地があるならばアレでも喜ばれるかもしれないが……」

そう言ってエルアーが乾きと暑さに強いある家畜のことを思い浮かべていると、執事が「あくまで噂《うわさ》ですが……」との前置きをした上で、かの公爵の関心が南にあるという荒野に向いているとの情報を口にする。

「……なに？　それは本当か？

マーハティ公に荒野開拓についての助言を求める手紙を送った？　ふぅぅむ……であるならば可能性はあるか……。

あれは農耕用には今一つ向かないからなぁ……牧草の負担も大きい、全て贈ってしまっても構わんかもしれんな……よし、早速手配しておけ」

そんなエルアーの言葉を受けて控えていた部下が動き始める、メーアバダル公に贈る品として相応しくなるように、その毛などを整えるために。

場合によっては鞍などで飾り立てることも必要で……かかる費用などを計算しながら早足で部屋

を出ていき……それを見送ったエルアー伯爵は、報告書の束を目の前の机へと投げ出し、ソファに背中を預ける。

そうして少しの間瞑目《めいもく》したなら立ち上がり……ようやく自分の屋敷に帰ってこられたのだと、ここ数日感じ続けているなんとも言えない満足感を堪能しながら、屋敷の中をゆっくりと歩いて回るのだった。


マーハティ領東隣の子爵領の屋敷で――アールビー子爵

同じ頃、先代と自らの怠慢で豊かだった領地の縮小を招いたアールビー子爵は、どうにか屋敷と言えるような小さな屋敷の一室で、粗末なソファに腰掛け……手にした薄い報告書の束を苛立《いらだ》ちのままに睨みつけていた。

年は三十、目の色と良く似た真っ赤な髪はさらりとして長く、頭の後ろでしっかりと縛られていて、端整な顔立ちで三十とは思えない程に若々しく……だというのにその顔は、苛立ちのあまりにひどく歪んでいる。

成り上がり者の無礼者、そんなメーアバダル公であれば少し調べれば弱みが見つかるはずだったのだが、どういう訳か見つからない。

違法な取引も、平民に対する狼藉も、女も酒も賭け事も一切なし。

そもそも自領に引きこもりがちで、西部随一の都市であるメラーンガルにも一度しか足を運んでいない。

そんな訳があるものか、自分でさえ二、三ヶ月に一度は遊びに行き、羽目を外さねば耐えられないというのに……。

なんてことを考えてかなりの金を投じて人を集め調べさせたが、それでも全くといって良い程に情報が集まらない。

疑惑程度のものでも不確かなものでも情報さえあれば後は揺さぶり脅し、自慢の交渉術でもってなんとか出来るのだが、情報が全くなしとなると流石に難しいものがある。

もっともっと金をかけて調べさせるか、それとも情報がないままハッタリをかけるべきか……。

平民が特権階級たる貴族になったのだ、何もしないはずがない。

今まで出来なかったことが出来るようになった、本来であれば犯罪行為も許される立場になった、平民では絶対に手に出来ないほどの財貨を手に入れた。

であるならば当然相応のことをしでかしているはずで……叩けば山程の埃《ほこり》が出てくるはずだ。

そんなことを考えて決意をしたアールビーは立ち上がり……手にしていた報告書を暖炉へと投げ入れる。

夏でも暖炉の火は絶やさない、窓を開けて小さな火を熾《おこ》せば、虫除けになるしどういう訳か部屋に風が入り込んでくるし、湿気を払うことが出来るからだ。

そんな小さな火でも報告書を焼き払うには十分で……焼けた紙が煤《すす》となり煙突に吸い込まれて上へ上へと舞い上がっていく。

それと同時に涼やかな風が部屋の中へと入り込んできて……その風に背を押されたような気分となったアールビーは、メーアバダル領のある西へと視線を向けて……自信に満ち溢れた笑みを1人浮かべるのだった。

イルク村の酒場で――ゴルディア

昼食の時間が終わって少し経った頃、ゴルディアがすっかりと静かになった店内を見回しながらテーブルや椅子などの拭き掃除をしていると、勢い良く扉が開け放たれセナイとアイハンが元気いっぱいに駆け込んでくる。

駆け込んできたならまっすぐにカウンターへと向かって高い椅子によじ登り、ゴルディアの拭き掃除が終わるまで店の中をキョロキョロと眺めて過ごし……掃除を終えたゴルディアがカウンターに戻り、桶の水で手を洗い終わるのを確認してから注文の声を上げる。

「ミルクください！」

「みるくください！」

「あ、ボクもミルクをお願いします」

セナイとアイハンと、アイハンの頭の上に乗っていたエイマの注文を受けて、笑みを浮かべて「あいよ」との声を上げたゴルディアは、奥の調理場へと引っ込み……調理場から行けるようになっている地下室へと向かう。

様々な食材と酒が保管されている地下室の奥の奥、いくらかの氷と雪で冷やされた貯蔵庫にはセナイ達のための小さなツボが置かれていて……それを手にしたならカウンターへと戻り、セナイ達用のコップと、エイマ用の小さなコップへとツボの中身を注いでいく。

その中身は白ギーのミルクだった。

今朝搾ったばかりのものを一度煮立て、それからツボに入れて貯蔵庫に置くことで冷やしたもので、最近のセナイ達はそのミルクに少しの茶葉やハチミツを入れて飲むことを何よりの楽しみとしていたのだ。

今日はどうやらハチミツを入れるようで、小さなツボを取り出し数滴のハチミツを垂らし……垂らしたなら混ざるのを待つことなくコクコクと喉を鳴らしながら一気に飲む。

コップの中身を綺麗に飲み干したならプハーと息を吐き出し、口の周りを白くしながらなんとも

満足げな笑みを浮かべ……それからコップを置いて口を拭いて、またキョロキョロと周囲を見回しながら、口の中に残るミルクとハチミツの味をじっくりと堪能する。

飲んだり食べたりした後すぐに駆け出すのは良くない、そのことをよく分かっているセナイ達はゆっくりと体を休ませ……そんなセナイ達が暇しないようにとゴルディアは、見た目に似合わず穏やかに響く声をかける。

「今日も荒野に行くのかい？」

「うん！　荒野で種蒔き！」

「かわのようすも、みてくる！」

「整備が始まった小川、もっともっと水量が増えてくれると良いんですけどねぇ」

いつものようにセナイとアイハン、それからエイマという順に声が返ってきて……ゴルディアは笑みを浮かべたままうんうんと頷き、３人の語る話に耳を傾ける。

小川の話から水遊びの話になり、水遊びの話から最近かなりの勢いで増えつつあるガチョウの話になり……水量が増えたことでガチョウの遊び場も増えたなんて話になって、それから早く美味しいガチョウを食べたいなんて話になり。

このくらいの年の子供ならば歩く姿が可愛いとか、食べるのは可哀想とかそういう話になるはずなのだが、普段から弓矢でもって狩猟をしているセナイとアイハンにとってガチョウ達は、どうあっても食料でしかないようだ。

そうやって雑談を楽しんだならセナイ達は、ゴルディアに礼を言って椅子から飛び降り……そしてまた元気いっぱいに駆け出し、酒場から出ていく。

それを見送ったならゴルディアはコップを片付け、掃除の続きをし……それらが終わったならギルド関連の帳簿などを取り出し、適当な席について内容の確認や記入などをしていく。

次にこの酒場が騒がしくなるのは、村の者達の仕事が終わる夕方頃、それまではギルドの仕事に励むのがいつもの流れで……イルク村のあちこちから響いてくる人の声や、犬人族達の吠え声、動物達の鳴き声などを耳にしながらゴルディアは、淀むことなく順調にペンを滑らせていくのだった。

南の荒野で――セナイとアイハン

セナイはシーヤに乗り、アイハンはグリに乗り、エイマはアイーシアに乗り、そして3人のシェップ氏族達が護衛ということでそれぞれの馬に相乗りし……そんな組み合わせの一団が、荒野の岩塩鉱床から少し離れた一帯を進んでいく。

朝早く食事を済ませて荒野に向かい、少しの調査をしたらイルク村へと帰って。

どこかで泊まることが出来ればもう少し長く調査が出来るのだけども、まだまだ幼いセナイ達にそれは難しく、しょうがないからと毎日毎日少しずつ……一歩一歩着実に調査を進めていく。

そんなセナイ達が進めている調査の目的は、川を流すのに適した土地を見つけることだ。

洞人族のサナトがなんとなしに始めた小川の整備、それが偶然に近い形でなんとか進められないものかと考えていた荒野の開拓に繋がって……だが小川の水量は決して多いとは言えず、洞人族達が整備をしたとしても限界がある。

限界があるのであれば出来るだけ効果的な場所に川を流すべきだという話が出てきて……セナイ達ならば、植物と大地の力に詳しい2人ならばそこを見極められるだろうとなって……2人にとっても森や自然が増えることは嬉しいことであり、満面の笑みで調査することを了承した2人は、その時のものに負けないなんとも楽しげな笑みを浮かべながら荒野の中を進んでいく。

大地を見て土を見て、風の吹き方を見て、魔力の流れを見て……。

時折足を止めて馬達を休憩させ、シェップ氏族達が鞍に吊《つ》るしておいた革袋の中身……馬用の水や、枯れ草と野菜を混ぜたものや、岩塩や砂糖を与えている中、乾燥に強い種を蒔き少しの水をかけて発芽するようにと祈りを捧げて……。

そしてまた荒野を進み、周囲を見回し……と、調査を進めていると、これまでの調査の間、ずっと難しい顔をしていたエイマが声を上げる。

「……この荒野、なんで生き物が一匹もいないんでしょうねぇ……？
植物もですけど、これくらいの大地であれば、それなりの生態が出来上がるはずなのに……？」

そんなエイマの言葉にセナイが「地面がカラカラだからじゃないの？」と返すと、エイマは首を左右に振ってから更に言葉を続ける。

「ボクの生まれ故郷はここよりももっともっと熱くて渇いていて、地面がサラサラの砂になってしまうような場所なんですけど、それでも小さな虫とかトカゲとかは夜露で乾きを癒やしながら暮らしていて……ボク達はそれらを捕まえて日々の糧としていたんですよ。

そんな故郷から少し離れた場所にはここみたいな荒野もあったんですけど、小さくて数も少ないですけど木とか草とかちゃんと生えていて、そこに集まる動物もいて、鳥なんかもいて、虫だって当然いました、それがここには全く居なくて何がどうなっているのやら……。

詳しく調査をする前は岩塩鉱床の影響かなと思っていたんですけど、ここは鉱床から結構な距離がありますし……ここまで気配がないと、そういう土地だからとかそういう感じじゃなくて、何か他の力を感じると言いますか……草原のように何かが邪魔しているって可能性もあるのかなって、思っちゃうんですよね」

そんなエイマの言葉をシェップ氏族達が首を傾げる中、セナイとアイハンは真剣に受け止めて……どんな可能性があるのだろうかと、2人なりの考えで模索し始める。

セナイとアイハンは森人《もりびと》だ、森を作り出す植物のことに詳しくそのための魔法を習得していて、森を守り育てるための知識を両親から今も受け取り続けている。

そこに砂漠という異邦生まれのエイマからの教えが加わって、年の数だけ知恵を蓄えたベンやマヤからの教えと、ヒューバートが王都で学んだという最先端の学問までが加わって……それらを持って生まれた利発さでもって素直に学んだセナイ達は、かなりの知恵を獲得しつつある。

経験など幼いがゆえに足りない部分はあれど、その知恵は油断ならないものとなっていて、エイマは自らも思考を巡らせながら２人の様子を静かに見守り……そしてセナイとアイハンは２人なりの答えを導き出そうと、その考えを言葉にする。

「うーん、多分草原ほどの邪魔はしてない、そんな感じの気配しないし」

「けど、すこしだけ、ほんのすこしだけなにかしてるのかも、ここはもともとかわいてるから、ほんのすこしでじゅうぶんなのかも」

「このくらいなら私達でも出来ちゃうかも、そんなことやろうとは思わないけど」

「ならもりびとが、なにかしたのかも、わたしたちいがいの」

「もちろん、草原と同じ何かがしてるのかもしれない」

「おなじかもだけど、もくてきはたぶんちがう……もしかしたらここをまもろうとしてるのかも、くさもきもぜんぶなくして、そこまでしてだれにもきてほしくないのかも」

「岩塩鉱床に埋まってたナイフも、きっと同じ理由」

「……きじんぞくだけはここにきてよかった？　なんでだろ？」

と、そんな会話を馬上で行い、思考が行き詰まったのかシェップ氏族達のように首を傾げ……そんな２人を見てエイマが声をかけようとした瞬間、馬達の足が同時にピタリと止まり、目の前にあった小さな岩の陰からのそりと大きなトカゲが姿を見せる。

全身を覆う鱗《うろこ》は分厚く、鋭く力強い棘《とげ》が生えていて、色は茶色く荒野の光景によく馴染むもので……瘴気をまとっていないことからモンスターではないようで。

そんなトカゲの姿を見てエイマが、この荒野にも動物がいたのかと小さく驚いていると、そのトカゲがゆっくりと口を開き……太く響く声で、まさかの言葉を発してくる。

「概《おおむ》ね、その通りだ森の娘達よ……そして尋ねるが、お前達は只人《ただびと》の使いか？」

概ねその通り。

そんな言葉を受けてセナイ達は、一瞬の間に思考を巡らせ、目の前のトカゲがメーアモドキの類であるのだろうと察する。

自分達が先程発した言葉の大体は間違っていなかったらしい、草原と同じで何かが荒野のこの状況を作り出していたらしい。

草原で力を吸っている何かと似た存在がこの地にいて、その使いをメーアモドキがしていたように恐らくはこのトカゲがその存在の使いで……。

目の前のトカゲはどう見ても森人に関わるものではないし、獣人の一種という訳でもないだろうし……先程の会話を聞いた上で「概ねその通りだ」との言葉を発するのであれば、恐らくはそういうことなのだろう。

そんなトカゲが尋ねてきたのは只人の使いか？　ということで……セナイ達は只人という言葉を

以前ナルバントと出会った時に聞いていた、只人という言葉は魔力を持たない人間、ディアスのことだとセナイ達は知っていた。

セナイ達が只人ディアスの使いかと言われると、ディアスやイルク村の皆のためにと調査に来ているセナイ達にとってはその通りで……2人は緊張した面持ちでトカゲに向かってこくりと頷く。

「そうか……やはりそうか、ようやく戻ってきたのか。

であれば我らの余計なお世話もここまでなのだろう……我らは草原のアレ程優しくはないのでな、愛し子を抱えることはせなんだが……そのおかげでこの土地を問題なく守れた、只人に返せる。

であれば無駄ではなかったのだろうなぁ……。

幼い使い達よ、川を引くのであればここにするが良い、この先であればそのうち地下水も湧いて出てくるかもしれん。

……古《いにしえ》の約定通り、その水で森を造り只人を守ってくれよ……」

するとトカゲはそう返してきて……セナイもアイハンもエイマも、シェップ氏族も馬達までもが首を傾げる中、目を伏せて何かに満足しているような、そんな表情を浮かべる。

直後風が吹いて砂埃が巻き起こり、セナイ達が思わず目を閉じているとその一瞬でトカゲが姿を消してしまい……残されたセナイ達はぽかんとした表情を浮かべる。

そうしてしばらくの間、呆然《ぼうぜん》とするセナイ達だったが、ああいった存在に出会うのはこれで二度目で、その力の凄まじさを知っているだけに疑うことは一切なく、ただただ確信を得る。

ここならば川を引いても大丈夫そうだ、トカゲの言葉を信じて井戸を掘ってみるのも良いかもしれない。

そうしてセナイ達はいつもよりも早く調査を切り上げて、いつも以上の速さで馬達を駆けさせて……得た情報と確信を伝えるためにイルク村へと帰還するのだった。

イルク村の広場で——ディアス

荒野に行っていたセナイとアイハンが帰ってきて……馬の世話をアイセター氏族に任せて、それから疲れたのか広場で日光浴をしていたメーアに抱きついての昼寝をし始めて……あんな風にして寝ていたら寝汗が凄いことになりそうだなぁ、なんてことを心配していると、セナイ達の側で報告書を書いていたエイマが、書き終えたそれを手にこちらへとやってくる。

それを受け取り……木の椅子に深く腰掛けながら、メーアモドキによく似た喋《しゃべ》るトカゲに出会ったという報告を読みふけっていると、目の前にあるテーブルの上にちょこんと立ったエイマが首を傾げながら声をかけてくる。

「あの……その報告書とは別件なんですけど、ディアスさん達はここで何をしていたんですか？

木の椅子と机を並べて……あちらの犬人族さん達は何を？」

と、そう言ってエイマが指差す方向には、向かい合うテーブルについたシェップ氏族達の姿があり、二対二でまるで対決しているかのような姿が気になったようだ。

「ああ、ちょうど今裁判の練習をしていてな……昔、私が受けた裁判を元にそれっぽい場を作ってみたんだよ。

罪を問う側、問われる側、それぞれに助言をする文官がついて、罪が事実なのか、どのくらいの罰が適当なのかを討論する。

そしてそれを見た王様……じゃなくて、領主である私が判決を下し、罰を執行するという感じだな。

ヒューバートから領主の仕事の中で一番大切なのは治安維持……盗賊退治や裁判を行うことや、刑を執行することだと聞いてな、それで練習をしておこうと思い立ったんだ」

そう私が返すとエイマは、傾げていた首を更に大きく傾げて……それから妙に歯切れの悪い言葉を返してくる。

「……まぁ、はい、言いたいことは分かるんですけど……うぅん。

……えぇっと、裁判の練習ということですけど、今回のこれはどういう事件を想定してのことなんですか？」

「イルク村では犯罪らしい犯罪が起きたことがないからな、あえて犯人側……右側の若者にいたずらをしてもらって、左側の若者にいたずらの被害者として訴えてもらったんだ。

いたずらの内容は私にも分からなくてこの裁判で聞き出していく感じになる。

嘘《うそ》も言って良いことにしているんだが……犬人族は生真面目だからなぁ、ちゃんと嘘をつけるかは、少しだけ不安かもしれないな」

「はぁ……なるほど。

……もう一つ質問なんですけど、アルナーさんやベンさん、ヒューバートさんやマヤさん、ゴルディアさん達は不在なんですか？」

「ああ、ゴルディアは料理の仕込みで忙しいとかで、他の皆は迎賓館だったり関所だったりに出かけていて、もう少ししたら帰ってくるはずだ」

「そう……ですか、そういうことですか、助言してくれる人が皆不在だったんですねぇ……。

ならボクがさせていただきますけど、魂鑑定魔法がある我が領の裁判は、魂鑑定を使ったものになる訳ですから、王国の一般的な裁判を真似る必要はないのでは？

魔力の流れをしっかり見張りながら魂鑑定を使えば嘘は絶対につけない訳で……犯罪を本当にしたかどうかの判定はそれで終わりますよね？」

その言葉を受けて私はぽかんと口を開けて何も言えなくなる。

そうだった、嘘を言えば分かる魂鑑定があったじゃないか……なんてことを考えていると、裁判の練習中だったシェップ氏族達も似たような顔をして……全員でしばしの間、そんな顔をし続ける。

するとエイマはそんな私達の顔を見回して……半目になりながら言葉を続けてくる。

「まぁ……うん、王国式の裁判に慣れておくこと自体は悪くないことですから、どうせなら皆がいる時に、見学席も作った上で大々的にやった方が良いですよ。

そうすることで皆さんにも裁判がどんなものかを知ってもらえますし、犯罪に手を染めたらどうなるのかも知ってもらえれば、犯罪抑止にも繋がるでしょうし……。

後はどんな罰を下すかについてですけど、ディアスさんの独断で決めるのではなく、代表者の皆さんとしっかりと相談をした上で、文官のヒューバートさんに王国の法律がどうなっているのか、過去の判例がどうなっているかを確認しながらすべきだと思いますよ。

……そういうことはディアスさんが1人でやるには精神的な負担が大きそうですし」

その言葉を受けて私が「なるほどなぁ」と呟きながら感心していると……エイマは少しだけ真剣な、堅い顔になって言葉を続けてくる。

「……罰を下すのだって自分でやらずに誰かに押し付けても良いと思いますよ？

判決を下して罰まで下すなんて、そんな何もかもをディアスさん1人でやらなくても良いと思いますし……一年前と違って人はたくさんいるんですから、役割分担をするのもありだと思います」

その言葉を受けて私は、その意味をよく考えて……私なりに考えてから言葉を返す。

「心配してくれるのはありがたいが、戦争中に何度かそういったこともやったことがあるからなぁ、問題はないと思うぞ。

……それに普段は領主だとかいってふんぞり返っておいて、そういう部分だけ人に押し付ける方が嫌というかなぁ、気分が悪いからな……私がやった方が良いだろう。

……まぁ、そういうことをしなくて良いように、犯罪を防ぐのが何よりの策なんだろうけどな」

するとエイマもまた考え込んで……少しの間考え込んでから、力を込めてはっきりとした声を上げる。

「そういうことなら一つ、犯罪抑止のための献策をさせていただきます。

鬼人族の長さんと相談して、鬼人族の方を3、4人雇うか、それか領民として迎え入れましょう。

魂鑑定魔法が使える鬼人族の方が村にいればそれだけで犯罪抑止になる訳で……アルナーさんが家事などで忙しい時でも動ける人を用意しておくべきです。

東西の関所にも駐在させて、クラウスさん達の仕事を手伝ってもらって……魂鑑定、生命感知両方の魔法で活躍してもらえば、犯罪者が入り込むことはほぼ不可能になるはずです。

……そう言えばジョーさん達のお嫁さん探しも課題の一つでしたよね？　あちらが嫌ではないのなら、そういう方向でも話を進めても良いかもしれませんね」

「……ああ、それは確かにそうだなぁ」

エイマの献策にそう返して、そのまま私が悩み込んでいると、静かに何も言わず見守ってくれていた犯人役、被害者役、役人役のシェップ氏族達がトテテンと目の前の木の机をその小さな手で叩いて声を上げてくる。

「皆で仲良くするのはとても良いと思います！」

「大事です！　家族大事！　ジョーさん達にも必要です！」

「鬼人族さんとも、もっと仲良くなれますよ！」

「俺達アルナー様好きです！　アルナー様の一族も好きです！　だから嬉しいです！」

そしてトドメとばかりにエイマが、

「これからは色々な人がやってくるはずで……悪人もたくさんやってくるはずで、関所の守りを完璧にするためにも、この策を進めるべきだと思います。

鬼人族の皆さんにも喜んでもらえるよう、皆で話し合って案を詰めて……それからあちらに持っていくとしましょう」

と、言葉を続けてくる。

それを受けて私が「分かったよ」と言いながら頷くと……すっかりと趣旨の変わってしまった、仮設裁判所だったはずの場所でシェップ氏族達が跳び上がり……元気で楽しげな歓声を張り上げる。

「……トカゲの方はまぁ、メーアモドキの同類なら私達に出来ることはなさそうだし様子見で、裁判の方も鬼人族との話し合いが終わるまでは棚上げで……鬼人族との話し合いの方を進めるとしようか」

更に私がそう言うとシェップ氏族達はいたずらのことなんか忘れてしまったというような様子で駆け出して……今私が下した決定を皆に知らせるために、イルク村中を駆け回るのだった。

数日後、馬にまたがり草原を駆けながら――ディアス

あれから数日が経って……鬼人族を領民に勧誘するという話は、村の皆も賛成してくれて、鬼人族の族長モールも賛成してくれて……ひとまずは結婚話を中心に進めていくことになった。

とは言え結婚はどちらにとっても重大な話であるので急がずゆっくり、本人達の希望もしっかり聞きながら進める必要があり……その話がまとまるまでの間は、鬼人族の若者達を雇い入れて……実際に働いてもらって、うちの領民になったらどんな生活をすることになるかを体験してもらうことにもなった。

報酬はメーア布や金貨や食料、本人が希望するものを支払い……東西の関所とイルク村に滞在してもらい、治安維持というか警備というか、そんな仕事をしてもらうことになる。

その取りまとめはアルナーと、自分がやると声を上げてくれたベン伯父さんが担当することになり……報酬の支払いを含め細かなことは2人に任せることになりそうだ。

鬼人族側の取りまとめはモールとアルナーの実家がやるんだそうで……こちらに派遣しても問題ない人材が見つからないとか、人手が足りない場合は実家の誰か、アルナーの両親やゾルグ、弟妹

達が来てくれるそうだ。

ゾルグ以外の家族とはまだしっかりとした交流を築けていないし、この機会に仲良くなれたら良いなぁと思う。

と、そんなことを考えながら手綱をしっかりと握り、私を背に乗せて早駆けをしてくれているベイヤースに指示を出す。

今日は西側の関所予定地の出来上がり具合を確認するための外出だ。

報告はナルバント達からあれこれと聞いていたのだけど、それだけで済ませてしまうのは問題だろうと考えてのもので……関所が終わったら神殿の方の確認にも行くつもりだ。

ついでに出来上がったばかりの街道も走りながら確認をしていって……うん、広くてまっすぐで、ベイヤースも走りやすそうにしていて……良い出来上がりとなっているようだ。

街道を進んで目的の西側関所が見えてきたから、そろそろ速度を緩めてくれとの指示を出し、それにベイヤースは素直に従ってくれて……ゆっくり速度を緩めていって、思っていた以上に形になっている関所の中へと入っていく。

まず関所の土台はほぼ出来上がっている。

地面を掘り返し踏み固め、石材を積み上げてがっしりと固定し……その上に土を盛っての土台だ。

土台の上にまた石材を積み上げて壁とし、縄張りをして柱を建てて木材石材鉄材を、適材適所というう感じで使いながら壁の中や、壁に張り付くように小屋や部屋などを造り、四角い広場を覆うような形にし……基本的には以前泊まった隊商宿のような造りとなっている。

決定的に隊商宿と違うのは規模だろうか、まず獣人国側の壁がでかい、分厚く横に長い。どでかい破城槌《はじようつい》すら簡単に受け止めてしまうに違いない規模になっていて……恐らく高さも相当なものになるのだろうが……そこまでの高さに石材を積み上げるためには山の一つか二つを切り崩す必要があるかもしれない。

「いくら洞人族が凄いといっても、この規模となると完成までに数十年は必要になるんじゃないか……？」

なんて言葉が思わず漏れてしまう程に横長で……横長が過ぎて完成度としてはいまいちだ。

全体で見ればかなりの量の石材を積み上げているのに高さがない、まだまだ人間1人分といったところで……そのくらいの壁が左右に長く、ずぅーっと延びている感じだ。

土台の上に造っている関係で、壁の向こう側から見ればもう少し高くなるのかもしれないが……それでも防衛施設としては今一つな出来具合となっている。

「まぁ、獣人国が攻めてくるようなことはないと思うがなぁ……」

更に独り言、そう言いながら視線を逆側に向けてみると、草原側の壁は薄く短いこともあってか、かなりの高さとなっている。

人間2人かそれ以上か……壁の左右には塔のようなものがあり、その上の見張り台の建造も始まっているようだ。

そして関所へと向かって続く左右の壁も同じくらいの規模となっていて……改めて見ると関所というよりは、大防壁とその管理所、という印象だ。

その大防壁の門はここだけになるそうで、そういうことなら関所としての役割はこなせるのだろうけど……うぅむ、本当に完成まで何十年かかるんだろうなぁ。

「……というか、石材の運搬はどうしているんだ？」

まだまだ独り言、戦争中に何度か見かけた城や砦《とりで》の補修の際には、石材を運び持ち上げるための仕掛けを見かけたものだが……ここにはそういったものが一切見当たらない。

作業道具はある、作業小屋はある、鍛冶場や炉のようなものも広場にあってモクモクと煙を上げている。

だが運搬用の仕掛けがない、吊り上げ仕掛けとか運搬用丸太とかそういったものが……。

荷車とかはあるのだけどなぁと、広場を見回していると……何人かの洞人族が、大きな石材を肩に乗せてえっちらおっちらと歩いてくる。

立方体の石材、体格の良い洞人族の大体半分ほどの大きさ、凄まじい重さとなっているはずのそれをまさかの人力で運んでいて……壁の近くまでいったならそこらに置いて、ベルトから下がっている道具袋からノミとハンマーを取り出し、なんとも荒っぽく石材の表面を削り始める。

ガンガンガンと削って削って……ある程度削ったらまたそれを持ち上げて、まさかのまさか……軽いメーア布をそうするかのように、石材を壁に向かってホイッと放り投げる。

あんな風に投げるのは私でも無理だぞと唖然としていると、壁の上に登った洞人族がその石材を両手で受け止め、勢いを殺しながら土台となっている石の上に置き……削られた表面がなんとも上手い具合に嚙み合って、街道造りの際に見た石材のようにがっちりと組み上がり……その上に別の洞人族が投げた石材が積み上がり、更にその上にも積み上がり……と、なんとも雑に思える方法で壁が出来上がっていく。

そして石材を放り投げた洞人族は次の石材を手に入れるためなのかどこかへと向かって歩き出し……それを見ていた私は、大慌てでベイヤースをそちらの方に寄せて、その1人に声をかける。

「か、壁の造り方はあれで問題ないのか？　隙間を埋めるとか膠《にかわ》で接着するとか、そういったことは必要ないのか？」

するとその洞人族は一瞬きょとんとしてから、カラカラと笑い……存分に笑ってから言葉を返してくる。

「そらぁ問題ねぇよ、石ってのは重いだろ？　重いもんがああやって嚙み合うとその重さが接着剤みてぇになるんだよ。

石の自重が石を支えて、へこみとでっぱりが嚙み合うことでズレたりする心配もなく、衝撃と揺れに強い壁の出来上がりってなもんだ。

……確かほら、あれだ、村の厩舎《きゆうしや》も似た造りになってたはずだぞ？　石を置いてその上に、石に嚙み合うように削った柱を置いて……あの柱が自重のおかげで倒れねぇのと同じ理屈だな。

ああ、もちろん外側……獣人国側には攻城兵器を防ぐためのひと手間を加える予定だから安心してくれや。

荒野で採れる瀝青《れきせい》に砂混ぜて練り上げて……そこに砕いた堅い石材を混ぜてな、壁の表面に分厚く塗りたくって乾燥させ固めたら完成よ、そうなったらもう俺ら洞人でも砕くのは難しくなるだろうなぁ！　ダァーッハッハ！」

そう言ってから洞人族は仲間に追いつくために駆けていって……それを見送った私はベイヤースの上で首を傾げ、頭を悩ませながら傾げに傾げて……。

よく分からないがとにかくまぁ……洞人族に任せておけば関所の完成はそこまで遠くなさそうだと、そんな確信を得るのだった。

関所の確認を終えたならイルク村へと戻り……次に建設状況の確認をするのはイルク村の西側に建てられることになった神殿だ。

イルク村から西へ進み川を越えてもう少し進み、村から少し離れた酒場の近くで建築が始まっていて……何故そこに神殿を建てることになったかと言えば、私が希望したのもあるが、何よりもメーア達がそう望んだからだ。

ベン伯父さんは神殿にメーアを神の使いとして祀《まつ》ろうとしている、ならばメーアに意見を聞くのが一番だろうということになり、フランシス率いるイルク村のメーア達が選んだ場所がそこだったという訳だ。

神殿の建設予定地の近くには少しだけ小高くなった丘のようなものがあり、その丘の上が白い草の群生地となっていて……メーア達が言うには、そこの白い草は特別美味しく、それでいて他よりも多く早く生え揃ってくれるらしい。

犬人族に頼んで水や葉肥石の粉末を撒いておけば、それはもう物凄い勢いで生えてくるとかで……その群生地を守るため、なんて目的もあったようだ。

群生地の側に神殿を建てて、神殿という建築物がそこにあり、人の行き来があれば野生の動物は近付かないはずで……そうすることでその一帯をメーアだけの食堂のようなものにしてしまおうと、そういうことらしい。

ベイヤースの手綱を操り、そこへと近付いていくと大きな……関所に比べればかなり小さい、石造りの建物が見えてきて……そして丘の上に寝転がるメーア達の姿も見えてくる。

フランシス一家に、エゼルバルド一家に、新参のメーア達に、イルク村のメーアが勢ぞろいして寝転がり……穏やかな陽の光とそよ風の中、大きく膨らませた腹を投げ出してスピスピと鼻を鳴らしながら眠っている。

普段のメーア達は足を丁寧に畳んで座るようにして眠るものなのだが、その体勢だと大きく膨らんだ腹が邪魔になるからなのか、足も腹も投げ出しての横倒しのような状態となっていて……六つ子達に至ってはその腹を空に向けての仰向けとなっている。

挙句の果てにフランシスは、眠りながらもその口を白い草へと押し付けてモグモグと動かし、夢の中での食事を続けていて……何をやっているのだかなぁと呆《あき》れながら近付くと、その長い耳をピクリと動かしたフランシスとエゼルバルドが目を覚まして起き上がり、起き上がるなり周囲を鋭い目で見回し……それから気配の正体が私であると気付くと、安堵《あんど》の表情でこちらへと駆け寄ってくる。

周囲には護衛の犬人族の姿もあり、そこまで警戒しなくても良いだろうにと思うが……それでも長であるフランシスと、そのライバルであるエゼルバルドとしては油断は出来ないようで……ベイヤースから下りて犬人族に手綱を預けた私は、そんな2人のことを存分に撫で回してやる。

2人が満足するまで撫で回したなら改めて神殿へと向かい……外観としてはほとんど完成状態にある神殿のことをしっかりと確認していく。

入り口の前には太い二本の石柱があり、その上には凛々《りり》しいメーアの石像が置かれている。

ここがどんな神殿であるかを示すシンボルというか、なんというか……つい先程のメーア達の光景からは考えられない程に凛々しく、力強い。

そして柱の間を貫くように石畳の道がまっすぐに続き……その先に四角い建物に三角の屋根を載せたといった感じの、なんともシンプルな建物が堂々と構えている。

関所のように石を積み上げているのだけども、積み上げる前にしっかり削って整えているのか、石一つ一つの大きさや形はどれも同じものとなっていて、整然とした印象だ。

石の表面もよく磨かれていて綺麗なもので……もしかしたら何かの塗料を塗っているのかもしれ

ない。

大きさとしてはイルク村で一番となり、大体広場くらいの広さとなっていて……私が知る神殿と比べると、驚く程に小規模のものとなっている。

そんな神殿の中は未完成らしく入ることが出来ず、完成したなら祈りのための場があるだけの空間となるそうで……聖人ディアの教えを研究する場や、子供のための学び舎《や》、写本をする場、炊き出しのための調理場などは、追々必要になってから造っていくそうだ。

「まぁ、今あれこれ増やしても人手が足りないからなぁ……増築するのは人手が増えてからになるんだろうなぁ。

……そう言えばベン伯父さんが呼んだという人は今どの辺りにいるんだろうな？　特に連絡とかは来ていないようだが」

中には入らず神殿の回りをぐるぐると歩きながらそんなことを言っているとフランシスとエゼルバルドが「メァメァ」「メァーン」と、まだ遠いんじゃないか、もう少しかかるんじゃないかと、そんなことを言ってくる。

それを受けて私が言葉を返そうとしていると、全く気配がなかったはずの背後から声が響いてくる。

「距離から考えてもう隣領に入った頃だろうな、マーハティ公によろしく頼むと手紙を送っておいたから、隣領に入りさえすれば問題なく迅速に、ここに来てくれるはずだ」

それはベン伯父さんの声で私とフランシスとエゼルバルドは、その声に驚きながら振り返り……いたずらが成功したとばかりにニヤリと笑うベン伯父さんを見て、一体何をやっているのやらと3人同時のため息を吐き出すのだった。

マーハティ領　東部の街バーンガルの市場で――ある女性

知人に誘われ確固たる決意をし、かの英雄公爵を立派な貴族にするためにとメーアバダル領へ旅立ったその女性……オリアナ・ダレルは、ついにメーアバダルの隣領であるマーハティ領へと足を踏み入れていた。

王都では見かけなかった獣人が多く、嗅いだことのない不思議な香り……食欲を刺激する香りがそこら中から漂ってくる、刺激的で不可思議なまるで異国かと思うような世界。

乗り合い馬車で到着したのが昨夜のこと、それから御者の薦める宿に一晩泊まり、朝早く役場に向かって宿で書いた手紙を職員に手渡し……それからまた宿に戻り、手紙の返事が来るまでの間をどう過ごすか悩んでいたところ、宿の主人からこんなことを言われた。

『観光なら市場が一番ですよ、たくさんの品々があって見飽きねぇですし、賑やかですし、警備も厳重で女性1人でも安心して楽しめますから』

　昨夜食べた夕食は美味しかった、驚く程に多くの香辛料が使われ、野菜も肉もたっぷりで……彼女にとって少し重い内容だったが、それでもするすると食べてしまえる程の味で。

　そうした食材や香辛料の調理前の姿を見ることが出来るのなら、行く価値があるかもしれないと宿の主人に礼を言ったオリアナは、1人市場へと向かうことになり……いざ到着してみるとそこは、魔境とそう表現したくなるような空間となっていた。

　警備兵が何人もいるから治安は良い、治安は良いのに騒がしくて飛び交う言葉は下品で、何列にも並ぶ露店の品々は混沌《こんとん》としていて。

　一体どこを見たら良いのやら、歩いたら良いのやら……怯みながらもオリアナが背筋をピンと伸ばして歩いていると、そんなオリアナの上品さを受けて上客の匂いを嗅ぎつけたのだろう、露店の主達が店先の品を両手いっぱいに持ちながらあれこれと声をかけてくる。

『どうです！　こいつは良い品ですよ!!』

『こちらは火山から溢れ出た宝石で、この辺りでしか手に入りませんよ！』

『この香辛料、採れたて！　美味しくて辛くて最高ですよ!!』

　あまりの勢いと声の大きさに、オリアナは顔をしかめそうになるが、それでもぐっとこらえて前だけを見て足を進めて……自分でも楽しめる静かな区画はないものかと、どんどんと足を早めていく。

そうして歩きに歩いて……市場の隅まで来て、ようやく静かな一画を見つけてオリアナがホッと安堵のため息を吐き出していると、地面に敷いた布の上に腰を下ろし、何も言わずにただ背筋をピンと伸ばす女性……何故か白いローブのような神官の服を着ている女性の姿が視界に入り込む。

その女性の前には何冊かの本が並んでいて……本の前には『私が写本したものです』との文字が添えられた値札が置かれている。

その値段はいくら本だとは言え高額で、どうしてもその値段で売りたいのならこんな市場ではなく、神殿で貴族相手に売るべきもので……一体全体どうしてこんなところで？　と、そんな疑問を抱いたオリアナは……神官服の女性のことを怪しく思いながらも、警備兵が近くにいることを確認してから、ゆっくりと口を開く。

「……あの、神官様がこのような場所で商いをなさっているのには何か理由があるのでしょうか？」

すると神官服の女性……四十か五十か、それくらいの白髪の女性が、顔中に皺《しわ》を寄せながらにこりと微笑み、言葉を返してくる。

「旅費が必要なのです、ここからメーアバダル領までの。

さるお方にお声をかけていただき、かの地までの旅に出たのですが、予定外の道連れを得たことにより旅費が枯渇してしまいまして……それで急遽《きゆうきよ》、こちらにお邪魔することになったのです。

……こちらの本は貴重なもので売るつもりはなかったのですが、内容は全て覚えていますし……

今はとにかく旅費を得ないことには始まりませんので……」

その言葉を受けてオリアナは表情を崩さず適当な言葉を返しながら、頭の中であれこれと考えを巡らせる。

自分と同じ目的地、自分と同じように呼ばれた人物、メーアバダル領が安定し、安定したからこそ人材を求め始め、その結果の同じ時期での到着。

オリアナに手紙を寄越したヒューバートによると、マーハティ領に入りさえすれば、後はマーハティ領の領主の手の者がメーアバダル領までの案内をしてくれることになっているとか。

自分がそうであるならば、同じ立場のこの女性も同じように案内をしてもらえるはずなのだが……どういう訳かこの女性は旅費を求めている。

何か行き違いがあったのか、女性が何らかの勘違いしているのか、それともオリアナの考えが間違っているのか……と、そんなことを考えに考えてオリアナは、一つの結論を出し、ついでに少しの勇気を心の底から絞り出す。

そうしてオリアナは、

「実はわたくしもメーアバダル領への旅路の途中にあるのですが……」

と、そう声をかけ、女性に向けてそっと手を差し伸べるのだった。

神官の女性……フェンディアと名乗った女性とオリアナは言葉を交わすうちにすっかりと意気投合し、旅路を共にするだけでなく宿も共にすると決めて、そうして一晩の静かな夜を過ごした。

多くを語らずともお互いが求めているものが分かり、して欲しいことが分かり……生まれも生き方も違うが、その心根がよく似ていて……それはまるで姉妹のようで。

そんな風に信頼し合えている者が近くにいるからか、深い安眠を得ることも出来て……そうして朝を迎えて。

朝食を終えるとタイミングを計ったかのように役所からの返事が届き、支度を終え次第に２人は役所へと足を向けた。

石造りの二階建て、いざという時の拠点となることも考慮しているのか役所にしては厳つい造りになっており立派な見張り塔があり、奥には厩舎があるのか馬のいななきが聞こえてくる。

そんな役所の前には貴族なのだろうか、異様に大きな茶毛の獣と十数人の従者を連れた男が何やら喚《わめ》き声を上げている。

やれ物資を寄越せ、情報を寄越せ、自分は前の公爵と付き合いがあってその時はこんな悪い対応はされなかったぞ、とそんなことを。

揉め事に巻き込まれるのはごめんだとそれを避《よ》けて役所の中へと入り、所員の案内を受けて返事をくれた代官がいるという最奥の部屋へと足を向ける。

すると役所の中ではまた別の貴族の一団が何か揉め事を起こしていて……その一団が上げている

言葉を耳にしたオリアナは、貴族達が何故そんな揉め事を起こしているのか、大体の事情を察する。

どちらの貴族に対しても応対しているのは獣人だった。

そしてどちらの一団からも獣人を見下すような発言が上がっていて……役所に何故獣人がいるのかと、そんな憤りがどちらの一団にもあるらしく、そのせいで揉め事へと発展しているらしかった。

(マーハティ領での獣人の扱いは王都でも噂に聞いていたのに……。

彼らは知らなかった……？　いいえ、知っていても受け入れられないといったところでしょうか？)

そんなことを考えながらオリアナとフェンディアは気配を殺しながら石造りの廊下を進んで階段を上がり、そうして立派な扉を構える代官の部屋へと足を踏み入れるのだった。

鬼人族の村の側で————ディアス

関所や神殿の出来具合を確認した日から数日が経って……隣領から帰ってきたゴルディアが大量のヤギを連れ帰ってくれて……その販売会が鬼人族の村の側で開かれることになった。

「……いや、うん、いくらなんでもこれは多すぎないか？」

私が一帯を埋め尽くさんばかりの数のヤギのことを見やりながらそう言うと、ゴルディアは腕を組みながらふふんと荒い鼻息を吐き出し……それから言葉を返してくる。

「ヤギってのは群れの生き物でな、群れから無理矢理離しちまうと悲しみのあまり病気になっちまうんだよ。

ただでさえ長距離の移動で負担をかけるってのに、そんなことで病気にしちまうなんて馬鹿らしいだろ？

だから買う時はまとめて、群れごと買っちまうのが一番なんだよ。

群れごとの大量買いとなりゃぁ商人もご機嫌で割引してくれるし、ヤギ達も群れの仲間と一緒なら安心ってな具合に、大人しく移動してくれるからなぁ」

草を食んだり寝転んだり、興味深そうに鬼人族のことを眺めたり、数え切れない程のヤギ達の運搬はかなり大変だったようで……隣領から関所まではセキ、サク、アオイの3人や数十人の隣領の領兵達に手伝ってもらい、関所からここまでは犬人族やジョー達に手伝ってもらうことで、どうにかこうにか無事に一頭も失わずに済んだようだ。

運搬を終えたジョー達はそのまま、ヤギの世話や逃走防止のためにここに来ていて……そのついでというかなんというか、モールとアルナー主催のお見合いもこの場で行われている。

エリー達やセキ達が懸命に商談を進めている場の側で、アルナーがこいつはこんな男で何歳でこれだけの貯蓄をしていて、戦争ではこういう活躍をしたんだと紹介をすると、それを受けてモールがこの子はこれだけの働き者で、これだけのメーア布を織って刺繍をして、それでもってこんなに良い出来の寝具を作ってきたと実物を見せながら紹介し返す。

するとアルナーが家族はどうだ、王国での立場はどうだと説明をし……モールもまたそれに他にどんな特技があるか、どんな芸が出来るかなんて説明を返していく。

そのやり取りの中、本人達は何も言わずにお互いのことを見合っていて……本人達が何も言わず何もせずのお見合いが進んでいく。

「ヤギが多すぎたとしてもうちで飼うなり肉にするなりしたら良いだけで、困ることはねぇんだから良いだろう？

そんなことよりもあのお見合い……あれはあのザマで良いもんなのか？ あれでちゃんとお見合いになってんのか？

いや、俺もお見合いなんてもんしたこともねぇし、見たこともねぇんだけどよ……」

そんな光景を見てゴルディアがそう言葉を続けてきて……私はこちらへと近付いてきて、興味深そうな目でこちらをじぃっと見つめてくるヤギのことを撫でてやりながら言葉を返す。

「私もお見合いなんてどうしたら良いか分からないからなぁ……。

これで駄目ならその時にまた別の方法を考えれば良い訳だし……鬼人族も色々と大変なようだからな、とりあえずはアルナー達に任せてみるとしよう」

お見合いをするとなって私が、

『ジョー達と結婚しても良いと考えてくれている女性は、鬼人族の村にどれくらい居るものなんだ？』

と、問うとアルナーは、

『……まぁ、それなりに居るな』

と、返してきた。

鬼人族の男性は狩りに出る、遠征という形で草原の外に出ることもある、モンスターがやってきたなら村と草原を守るために戦う訳で……そのどれもが相応に危険で命を落とすことも珍しくないそうだ。

そういう訳でどうしても男性の方が少なくなり、結婚相手を見つけられない女性や夫を失った女性が多くなってしまうらしい。

その女性全てが結婚や再婚を望んでいる訳ではないし、ましてや鬼人族以外が相手となれば尚更のことらしいが、それでも結婚したいという女性はそれなりに居るんだそうで……実際結構な人数がお見合いに参加してくれている。

若い女性もいればジョー達くらいの年の女性もいて……そのほとんどがジョー達のことを好意的に見てくれているようだ。

体は鍛えられている、礼儀正しく規律正しく乱暴者という印象はない、隣領の反乱騒動でそれなりの財貨を得ることに成功していて……流石にメーアとなると難しいかもしれないが、ヤギや白ギー数頭なら問題なく手に入れることが出来るだろう。

個人で持つことは難しいメーアだが、イルク村には誰のものでもない村の仲間としてのメーアがそれなりの数いて……しっかり働いてさえいれば報酬としてメーア布が手に入るとなれば、生活に困ることもない。

平和のため家族のため、鬼人族と私達の縁を結び、強固にしたいという想いもあるようで……私がこの草原にやってきてから今日までの間に特に悪いこともなく、それどころか良いこと尽くめで……日々生活が豊かになってきたという点も、その想いを後押ししてくれているらしい。

女性達に不評な点があるとすれば、それはジョー達が馬を持っていないということだろう。

馬に乗れるのか、何故馬を持っていないのか、馬をどう思っているのか、馬の重要性を分かっているのかと、そんな質問が続いていて……馬が好きでないのなら結婚出来ないという女性もいる程だ。

どうやら馬が好きなのはアルナーに限った話ではないようで、好きというよりも生活……というか人生に欠かせない大切なものだというような認識であるようだ。

ジョー達としても馬は嫌いではないし、欲しいと思っているし、手に入る機会があるなら手に入れたいと考えていて……まだ草原に来たばかりなので、その点は勘弁して欲しいと、そんなことを言いながら頭を下げている。

すると女性……ではなくモールが、

「そういうことならアンタ達、馬に乗るところを見せてみな、まさか乗馬の心得もないなんてことは言わないだろうね？　そんなのは男じゃぁないよ」

と、そんなことを言い出して……それを受けてジョー達は、モントにずっと鍛えられてきた自分達に出来ない訳がないと胸を張り……そうしてジョー達はそこまで経験がないはずの乗馬に挑戦することになるのだった。

乗馬の心得を見せてみろ。

そう言われて私が想像していた光景は、優雅に馬に乗りゆったりと草原を散歩する光景だったのだが……目の前で行われている光景はそんな私の想像とは全く別のものとなっていた。

まずジョー達が用意した馬が七頭の軍馬、鬼人族がその姿を見るなり大歓声を上げるような厳つい体軀《たいく》の馬達で……それに順番に乗ることになったジョー達がやっているのは、全力で逃げる鬼人族の馬……同じ数の七頭を追いかけるというものだ。

鬼人族の馬にはお見合いに前向きな女性達が、これまた順番で乗ることになっていて、結婚を望むジョー達は乗馬の腕前を見せるために、それを追いかけ捕まえなければならない……らしい。

流石に乗馬の状態で女性を摑《つか》むだとか縄をかけるだとかしたら落馬の危険性があるのでそこまではしないが、追いかけ追いつき馬の尻を叩くか女性の肩を叩くかする必要があるそうで……そんな追いかけっこが始まったことにより、私達の目の前を何頭もの馬達が、凄まじいまでの地響きを上げながら駆け回っている。

「やれやれー！　やっちまえー！」

「なんだよ、立派なのは馬だけかぁ!!」

「馬の動きに合わせて体を振れ、体をぉ!!」

その光景を見やりながら、いつの間にか集まってきた鬼人族の男衆達はそんな声を上げていて……お見合いに参加した女性の何人かもなんとも楽しそうな表情で声援を上げていて……すっかりと宴のような状態になっている。

「……ジョーもロルカも下手ではないんだが、中々追いつけないなぁ」

そんな中私がそう呟くと、隣に立つアルナーがその瞳を煌《きら》めかせながら言葉を返してくる。

「女の方がどうしたって体が軽いからな、その分だけ馬も楽に速く駆けるんだ。

うちの軍馬は抜群に良い馬だし、それでも追いつけるだけの力は持っているんだが……それをジョー達が上手く活かせていないのが問題だな」

「……結婚を決める場に馬で追いかけるとか、追いつくとか、そんなことが関係するものなのか？」

私がそう返すとアルナーは、目を丸くして……それからため息まじりの言葉を返してくる。

「盗賊が馬に乗っていたとして、ああやって逃げられたらどう捕まえるんだ？

逆に盗賊から家族を連れて逃げる必要があるかもしれないし……馬で速く駆けられるというのはそれだけ大事なことなんだ。

狩りや行商に、馬の扱いさえ上手ければ食うに困ることもないだろうし……馬の扱いを見るということはつまり、その男の男気を見るということに等しいんだ。

ディアスはまぁ……馬とか関係なしに暴れられるから良いかもしれないが、他の男達はそういう訳にもいかないからな」

「……そういうもの、なのかぁ。

……んん？　女性達が弓を手にし始めたが、何をするつもりなんだ？」

そう言って私が馬上の鬼人族の女性を指差すと……アルナーが「ああ」と声を上げてから、目の前で起きていることを、そのまま説明してくれる。

「左手で弓を持って右手で矢を持って、首の後ろで矢を番《つが》えて……弓を持った左手を後方に向けてまっすぐに伸ばし、弦を張る。

あとは伸ばした左手で狙いをつけて放てば……馬を前に進めながら後方に向けて矢を放てる訳だ」

「い、いやいやいやいや、この状況で矢を放ってどうするんだ!?　ジョー達に当てる気か!?」

アルナーの説明に驚き、大慌てでそう返すとアルナーは矢をよく見ろと、視線と指先を向けることで促してきて……その通りにすると、布で丸く包まれた矢じりが視界に入り込む。

「矢の先を潰してメーア布で包んで……あれならば当たっても刺さりはしないし、痛みもなくポトリと落ちてそれで終わりだ。

ジョー達があまりにもだらしないからアレでからかってやろうと、そういうつもりのようだ」

そうアルナーが言うや否や、女性達が構える弓から矢が次々に放たれ……ジョー達はそれをあっさりと避けるなり、素手で叩き落とすなりして防ぐ。

そしてそれがきっかけとなってしまったのだろう、ジョー達の目が鋭くなり姿勢が前のめりとなり……明らかな戦闘態勢に入ってしまう。

矢を射掛けられて怒ったという訳ではなく、長年を戦場で過ごしていたせいで無意識的に体と心がそうなってしまったようで……そこからジョー達が連携するかのような動きを見せ始める。

それもまた無意識のことなのだろう、長い間一緒に戦った仲間との言葉のいらない連携……言葉もなく合図もなく、ただなんとなく仲間がどうするつもりなのか、どうしようとしているのかが分かってしまい、考えるまでもなく体がそれに合わせて動いてしまう。

狼のように連携して追いかけ、狙った方向に追い詰め、囲うようにして広がり……じわじわと、急に動きが変わったことに驚く女性達を追い詰めていく。

「あーあー、大人気ないですねぇ……何も本気にならなくても良いでしょうに」

その様子に私とアルナーが唖然としていると、犬人族達と一緒に軍馬達を連れてきてくれたリヤンが声をかけてくる。

既婚者の余裕というかなんというか……既に妻がいるリヤンは頭の後ろで腕を組みながら更に言葉を続けてくる。

「これから家族になろうって相手を怖がらせてどうするんだか、ディアス様……終わったらあいつらのこと叱ってやった方が良いですよ」

すると私が何かを言うよりも早くアルナーが「ふんっ」と鼻を鳴らしてから返事を口にする。

「鬼人族の女がそんなことで怖がる訳がないだろう？

むしろあんな動きが出来るのかと、ああいう狩りが出来るのかと見直して惚れ直すところだ。

実際……ほら、よく見てみろ、追いかけられている女達も嫌がるどころか、笑みを浮かべながら矢を射っているぞ」

言われて女性達の顔を見てみると、アルナーの言う通り笑みを浮かべて、どこか幸せそうな表情をしていて……その顔はいつかに見たアルナーのそれによく似ていた。

こんなに上手く狩りが出来るなら稼いでくれるはず、こんなに男気があるなら良い家長になるはず、こんなに立派な馬に乗っているなら……と、女性達の心の声が聞こえてくるかのようだ。

「これは……合格ということで良いのだろうか？」

その様子を見やりながら感心するというか呆れるというか、なんとも言えない気分で私がそう言うと、アルナーといつのまにか側にやってきたモールや犬人族までが満足げな表情で頷き……そしてリヤンは私と同じような表情でその顔を左右に振る。

そうしているうちにジョーが1人を捕まえて、ロルカが1人を捕まえて……数が減ったことにより包囲網が完成していき、他の面々も捕まえ始める。

そんな折、モールが笑みを浮かべながら声をかけてくる。

「ま、これで見合いが終わったって訳じゃぁなくて、ひとまずの顔合わせが終わっただけに過ぎないよ。

これから両親に挨拶したり、結納の話し合いをしたりして……それでようやくってとこかねぇ。

これで捕まえたからそれで良しって訳でもなくて、最後までグズグスしていたのは減点だしねぇ……これからまた他の男達にも参加させて、そちらの男気も見極めさせてもらって、あとは女達が誰を選ぶかってところかね。

結納は……まぁ、あのヤギでも良いし、何か他の品でも良いし、話し合いの結果次第ではあるが……友好の証ってことでオマケしてやっても良いんだよ？」

そう言ってカッカッカと笑い……そうして鬼人族の女性とのお見合い、いや、顔合わせはとりあえずは無事に終了となるのだった。

風変わりなお見合いを眺めながら――ヒューバート

お見合い会場から少し離れたところで、鬼人族達が連れてきたメーアのことを撫でながらヒューバートはなんとも言えない気分になっていた。

目の前で起きているこれは果たしてお見合いと呼んで良いものなのだろうか？　本当にこれで両者の仲が縮まるのだろうか？

そんな疑問を抱きながらも口にするのは憚《はばか》られて……自分にこういったお見合いは無理だろうなぁとそんなことを思う。

今日ここにヒューバートが居るのはお見合いが目的ではない、内政官として婚姻状況の改善を願ってのことで……他にも鬼人族との友好関係がどうなるかとか、ジョー達がこういった場でどういう態度を見せるかなど、そういったことも自らの目で確認したかったからである。

(酒は飲んでも程々、酔って暴れることはなく、賭け事や女遊びにも興味がなし……いや、興味はあるのかもしれないがその欲を律することが出来ていて……それによって大きな不満を抱えることはない。

規律正しく、清廉潔白……王城の騎士団でもこうはいかないでしょうに)

普段は欲を抑えられていても女性を前にしたら抑えられないかもしれない、無理矢理抑え込んだとしても表情や仕草に出てきてしまうかもしれない。

お見合いが始まる前まではそんなことまで考えていたヒューバートだったが、実際に始まってみればそんなことは一切なく、やり方が極めて風変わりではあるものの、真摯に女性達と向かい合っていて……それを受けてヒューバートは驚くやら感心するやら、なんとも言えない気分となってディアスを見やる。

戦争中、一度も略奪をしなかったらしいディアスとその仲間達。

占領後の統治も良好で、おかげで戦後の統治もこれ以上ない程上手く進んでいて……内政官としてそれはこの上なくありがたく、好ましいことではあるのだが、一体全体どうやったら、そんな稀に見る軍隊が出来上がるのやら……。

(……ディアス様は自分達の戦いについてこられなかった者は、いくらかの銀貨を持たせて故郷に返すか、占領地で暮らせるように手配したそうですが……それには素行不良の者も含まれていたとかですかね？

そういった者にとって厳しい規律の軍隊から抜けられる上にそれなりの額の金銭が手に入るというのはありがたいことでしょうし……それを繰り返して二十年……。

つまり最後まで戦友として残り続けた彼らはただの志願兵の生き残りではなく、選りすぐりの精鋭達……ディアス様という頑固かつ愚直な篩《ふる》いに掛けられた最上級の一摘《つま》み、ということになるのでしょうか。

それが33人……先の反乱騒動での活躍もそうですが、ただの兵士として考えるべきではないのでしょうねぇ。

……そうなると、待遇をもう少しだけ改善すべきでしょうか）

今のところ待遇面での不満は出ていないが、家庭を持つとなれば様々な物が入り用となるだろうし、妻のため子供のためということにもなっていくはず。

（とは言え収入がないことにはどうしようも……。

行商でそれなりに稼いでいるとは言え、まだまだ出ていく金額の方が多いですし……行商の頻度を上げるべきでしょうかね。

各地の建設作業も落ち着いてきて、ジョーさん達全員を動員しなければいけないという状況は脱しましたし……護衛や作業員として同行させることでエリーさん達の負担を可能な限り減らし、その分だけ頻度を上げて……。

それと街道が出来上がったのですから、隣国商人の通行も許可すべきでしょうね、無償との約束をしているペイジンさん達を呼び水として、他の商人達も引き込めれば……通行税でかなりの収入になるはず……。

通行税が取れないのだとしてもペイジンさん達の行き来があるだけで、宿泊や食事、護衛や隣領への案内など様々な収益が発生するはず……まずはそこからですかねぇ）

メーアバダル領の財政が安定している最大の理由はモンスター……特にドラゴンの素材を定期的

に売っているからだったりするのだが、いつ来るか分からないそれを当てにするのは内政官としてはあり得ないことだった。

と、ヒューバートがそんなことを考えながらメーアの頭を撫で回していると、メーアから抗議の声が上がる。

「メァー！　メァメァー！」

もっと集中して撫でないか、それが嫌なら何か面白い話でもしてみせろ。

イルク村のメーア達とはまた違った様子で……荒々しい声を上げるメーアに少し驚きながらヒューバートは、

「そうですねぇ、では物流における道と川の重要性についてお話ししましょうか」

と、考え事をしながらの上の空だったためか、そんなことを口にしてしまう。

それからすぐにヒューバートは己の過ちに気付くが、ヒューバートが何かを言うよりも早くメーアが一声、

「メァァ！」

と、返事を口にする。

それは面白そうだから話してみろ！　と、そんな意味が込められたもので……そうしてヒューバートはそのメーアに対し、物流に関する講義を行うことになるのだった。

それから数日後のイルク村で――ディアス

お見合いが終わって、結婚に前向きな女性が思っていたよりも多く、11人もの女性が結婚しても良い……かもしれないと名乗りを上げてくれた。

女性達が今一つ煮え切らない態度なのには理由があり、それはイルク村での暮らしがどんなものなのかをよく知らないから、というものだった。

王国式の暮らしとはどんなものなのか……？

物凄く不便な暮らしなのではないか？　理不尽な法を守らなければならないのではないか？　思いもよらないとんでもない文化があるのではないか？

アルナーが幸せに暮らしているとは聞いてはいるものの、それでもそういった不安は尽きないようで……そういうことならばと今日は朝から11人の女性達にイルク村……というかメーアバダル領全体の見学に来てもらうことにした。

まずは鬼人族の村から近いということで西側関所を見てもらい、そこから街道を見ながらイルク村へと移動し、それからイルク村の各施設を見てもらう……という流れだ。

まだ出来かけではあるものの大規模な関所は、これがあれば安心出来ると喜んでもらえた、街道に関してはそこまでの反応はなかったが、行商人がよく来るようになると説明したらかなり喜んで

領民0人スタートの辺境領主様

X 貴人の風儀

風楼

Illustration キンタ

初回版限定
封入
購入者特典

特別書き下ろし。

セナイとアイハンとフランシス達の遠駆け

※『領民0人スタートの辺境領主様 X 貴人の風儀』をお読みになったあとにご覧ください。

EARTH STAR NOVEL

セナイとアイハンとフランシス達の遠駆け

厩舎の側に腰掛け、ウズウズとしながら
――――セナイとアイハン

洞人族達が小さな槌を振るい、小気味良い金属音をさせている中、少し離れた場所に置かれた木箱の上に仲良く腰掛けたセナイとアイハンは……ウズウズモジモジと身を捩らせながら洞人族の作業が終わるのを待っていた。

そんな風にして何を待っているのかと言えば、その答えは目の前で行われている蹄鉄の交換作業で……劣化が始まった蹄鉄を洞人族達が作った真新しい、出来の良い蹄鉄に交換するその作業は、イルク村の全ての馬に行われることになっており、それによってセナイ達は大好きな乗馬を出来ずにいた。

洞人族達は口を揃えて『すぐに終わる』なんてことを言っていたが、大人の『すぐ』と子供の『すぐ』は往々にして別物であり……セナイ達はすっかりと待ちきれなくなってしまっていた。

「早く乗りたいねー」

「はやく、そうげん、いきたいねー」

なんてことを言いながら膝を手でパタパタと叩き、サンダルでドタドタと地面を踏み……セナイ達がそうやって気を紛らわせていると、そこに六つ子を連れたフランシスとフランソワがやってくる。

「メァ～～？」

「メァン？」

そして何をしているの？　と、そう問いかけてきて……セナイとアイハンが事情を説明するとフランシス達はニヤリと笑って、クイッと顎を上げて「乗っていきなよ」と、表情で語りかける。

メーアは基本的に背中に何かを乗せられるような体の作りをしていない……が、まだまだ幼く小柄なセナイ達であれば乗って駆けることも可能で……満面の笑みとなったセナイ達が跨ると、

「メァァーーー！」

「メァァー！」

と、力強い声を上げて駆け出し……いつもとは違う低い視点で流れる村や草原の景色に、セナイは「わぁ！」と声を上げて喜び、アイハンは片手を振り上げ「いけいけー！」と大はしゃぎする。

そんなセナイ達の周囲には護衛の犬人族達がいて、六つ子達も当然追いかけてきていて、ちょっとした一団となったその全員が笑みを浮かべ楽しそうな声を上げ、駆け抜けていく。


風で揺れる草をかき分けて、駆けて駆けて突き進んで、乗馬出来なかった鬱憤を存分に晴らした……と、いうかすっかりと忘れ去ったセナイ達は、どこまでも目的もなく駆け続けて……白い草の群生地へと偶然到着する。

するとそこには食事に来ていた新参メーアの群れと、その護衛である犬人族達と……メーアの世話をしにきたフェンディアとパトリック達の姿があり、セナイ達はその下へと駆けていく。

「あらあら、とっても楽しそう。

セナイ様、アイハン様、とっても楽しそうなお散歩がどんな感じだったのか、お話してくださいな」

すると絨毯の上に座ってメーアのブラッシングをしていたフェンディアが柔らかな笑顔でそう声をかけてきて……セナイとアイハンはフランシスとフランソワの頭を撫でてお礼を言ってから下り、フェンディアの下へと駆けていく。

それから絨毯の上に座り、フェンディアに話しかけ……そんな二人の背後でフランシスとフランソワが小さなため息を吐き出す。

二人を乗せて駆けることは出来る……が、負担は当然あるもので、それなりに疲れ、息も切れて

いたフランシス達にとってフェンディアの申し出はとてもありがたいものだった。

視線と表情でフェンディアに礼を伝えたフランシス達が、やれやれと足を畳んで座って息を整えていると……そこにパトリック達がやってきて、水を入れた器を用意してくれて休むように促してくれて……その手際の良さにフランシス達は、フェンディアが全て分かった上で声をかけてくれたことと、パトリック達に水を用意するよう指示を出していたことを察する。

水を飲んで周囲に生えている白い草を食べて、そこらで寝転がっていれば帰路も問題なく駆けられるはずで……セナイ達と話をしているフェンディアは、その時間を稼ぐためか話を二転三転させて、セナイ達を飽きさせまいとし始める。

そんなことに気付くことなくセナイ達は元気いっぱい身振り手振り交えてフェンディアとの会話を楽しんで……フェンディアの話術のおかげか、かなりの時間が流れていく。


そうして陽が傾き始めて……周囲のメーアの食事が終わりブラッシングが終わり、村に帰る時間となったことをセナイ達は察し、ゆっくりと立ち上がる。

するとそこに軽快な馬の蹄の音が聞こえてきて……これまたフェンディアが指示を出して村へと行っていた犬人族達と共にセナイ達の愛馬がこちらへと駆けてくる。

「シーヤ！」

「ぐり！」

それを見てセナイ達は力いっぱいの声を張り上げ……そうして愛馬の下へと駆けていって、愛馬に跨りフランシス達を伴い、元気いっぱい楽しそうな声を張り上げイルク村へと帰っていくのだった。

もらえた。

神殿に関しては、鬼人族にはない信仰を押し付けることにならないかと危惧していたのだけど、どんな教義なのかということとメーアを祀る予定だとの説明をしたらすんなりと受け入れてもらえた。

そして女性陣が何よりも喜び、歓喜の声まで上げたのは完成間近の洗濯場と竈場だった。

「え、なにこれ凄い楽出来るじゃないの！」

「アルナー！　あんたこんな良い台所で楽をしてたのかい！」

「え、さっきのあそこで洗濯出来るの？　冬はメーア布で覆った上でこの石窯で暖まで取ってくれるの？　湯沸かしまで？　煮洗いまで出来るの？」

「え、あ、うん、あたしここに嫁ぐわ、えっと、相手は誰だっけ……ああ、そこのアンタだ、アンタのユルトはどこなの？」

まず洗濯場を見てそれから竈場へと移動して、移動した途端に一気に言葉が溢れ出し、これでもかと盛り上がり、勢いのまま結婚しようとする者まで現れて……笑みを弾けさせながら細々とした説明をしていたアルナーを捕まえてあれこれと文句を言って……というかじゃれ合いのような言葉を投げかけたりもして。

そうやって盛り上がっている女性達の下に、イルク村で飼っている家畜を紹介するためにとシェップ氏族とアイセター氏族達が、またも増えて四十羽程の大所帯になったガチョウや、六頭の白ギー、二頭のロバまでを連れてくる。

すると女性達は更に盛り上がり……そんな盛り上がりに気を良くしたシェップ氏族長のシェフが、自慢げに胸を反らせながら大きな声を張り上げる。

「ゴルディアさんにお願いして、売れ残ったヤギをうちのにしてもらうことにしたんですよ！　だから今度ヤギも増えるんですよ!!」

そこからはもう女性達は盛り上がるというか肉が食べ放題だとかチーズが食べ放題だとかそんなことを言い出しての興奮状態となってしまい、興奮のあまりにこちらの言葉は全く届かなくなってしまう。

そんな女性達を見て結婚相手となるジョーを始めとした11人は……結婚話が上手くいきそうなことを喜ぶ反面、先日のお見合い会のこともあってか元気過ぎる程に元気な女性達に怯んでしまう思いもあるようで……なんとも言えない複雑そうな表情を浮かべたまま立ち尽くしてしまうのだった。


マーハティ領を横断する大街道を進む馬車の中で――――オリアナ・ダレル

代官との面会を終えるとすぐに立派な箱馬車二台と護衛が用意され、それからオリアナと神官の女性フェンディアとその道連れは快適な旅を楽しむことになった。

4人の獣人の護衛達はいずれも紳士的かつ旅に慣れていて、オリアナ達が困ることのないように手厚いサポートをしてくれていて……ほとんど初めてと言って良い獣人との交流に対する戸惑いも、旅の中であっという間に解《ほぐ》れていった。

護衛達はただオリアナ達を守るだけでなく、立ち寄った街や隊商宿や軍事施設の観光案内なんかもしてくれていて、それはこれまでの旅路が嘘かと思う程に楽しく快適で……馬車の窓から外を眺めているだけでも、2人の心は高く弾む。

「あちらは最近出来た芸術の館と呼ばれる施設になります。

歌や踊り、絵画や彫像などを芸術と呼び、誇らしいものとして推奨、領民達に広めることを目的としていて、観覧は領民であれば無料で行えます。

そちらにある施設も最近造られたもので番所と呼びます。領主様直属の兵士達が常駐しており、治安維持だけでなく領民達からの相談にも対応しており……どちらも軍師殿が提案したものだと聞き及んでおります」

窓の外には馬車に並走する馬上の護衛の姿があり、その向こうには街道沿いに造られた街の光景があり……爽やかな風が吹き込む開かれた窓の向こうからそんな説明をしてくれる。

オリアナ達が宿などで耳にした噂によるとマーハティ領では少し前に反乱騒動が起きていたらしい。

そしてそれを防げなかったことを悔いている軍師があれこれと手を打つことで反乱の芽を摘もうとしているそうで……芸術の館と兵士の番所はその一環であるらしい。

芸術で領民達を楽しませ日々の不満を解消させ、ひとたび戦火が広まればこの楽しみが失われてしまうのだと教えることで平和な日々を愛するように誘導し……普段から領内を巡り続けているらしい兵士達とは違った視点を持つ番所でもって治安維持と情報収集をし、反乱を未然に防ごうとしているのだとか。

更には年老いて体力が落ち始めた兵士達に、新たな働き場所を提供してやることで、兵士達の将来への不安を取り除いてやり……兵士になりたいと望む領民が増えるようにとの画策もしているらしい。

「……あの館の意匠に設立目的に……何故だかあの男のことを思い出してしまいますね」

噂で得た情報のことをあれこれと思い浮かべながら芸術の館を見やっていたオリアナの口から、無意識のことなのかボソリとそんな言葉が漏れる。

かつて王宮に仕えていたあの男、過ぎた女好きで酒好きで遊び好きで……自称芸術を愛する文化人。

そんなあの男は貴族令嬢の教育係として活躍していたオリアナの教え子を口説こうとしたために、オリアナと何度も何度も衝突していて……さっさと王宮を追い出されないものかと願っていたら、本当に追い出されてしまった。

貴族がどんな存在であるかを理解しないまま、貴族の欲を甘くみたまま貴族達との政争に挑み敗北し、無能として追い出されて……それから戦地に向かい活躍したとか、女遊びにふけっているとか様々な噂を聞いたが今はどうしているのか……。

優れた人物であったことは確かなので、国のため……あるいは誰かのために活躍してくれていることを願うばかりだが……あの性分だ、どこかでとんでもないトラブルを起こして命を落としていてもおかしくはないだろう。

「おや、あちらの方々は……」

オリアナがそんなことを考えていると隣の席のフェンディアが窓を覗《のぞ》き込みながらそんな声を上げる。

それを受けてオリアナが視線をやるとそこにはいつかに見た貴族と配下達の姿があり……どうやらまた何かトラブルを起こしているようだ。

偶然同じ旅路を進むことになっているらしいあの貴族達は、各地で度々トラブルを起こしているようで……こんな風に2人の視界に入り込むことが何度かあった。

(王都の貴族とは全く違った野卑さ……王都の貴族もろくでもないものですけど、辺境の貴族とはこれ程までに……)

そんなことを考えてオリアナが、これから自分が向かう先にいるのも辺境の貴族であり、平民生まれの公爵とは一体どんな人物であるのかと、本当に自分なんかになんとか出来る人物なのだろうかと不安に思っていると……そんな思いを察したらしいフェンディアがニコリと微笑みながら言葉をかけてくる。

「大丈夫ですよ、メーアバダル公の人品の良さは噂になる程ですし……かのお方はあのベンディア様が手ずから教育した甥《おい》だそうですから、心配する必要は全くありません。

　偉大なる成果を上げながらそれを秘して甥のためだけに旅立ったベンディア様の下、新たな神殿を建立なさろうとしているそうですし……一廉《ひとかど》の人物であることは確かでしょう」

　それを受けてオリアナがなんと返したものかと迷っていると、観光案内をしてくれていた護衛とはまた別の護衛が、馬を馬車に近付けながら声をかけてくる。

「自分は何度かメーアバダル領に足を運びましたが、ディアス様は気さくな人物で、とても親しみやすいお方ですよ。

　我が領から移住した者達からも好かれているそうですし、出稼ぎに行った労働者からも待遇は良いし飯は美味《うま》いし、変なトラブルもないってんで好評ですね。

　払いも良いもんですから向こうで仕事があるとなると取り合いになる程で……最近街道敷設の工事が終わって仕事が減っちまったと、嘆いてる連中がいる程ですよ。

　領境の森ん中にも立派な関所を造ってて、その工事が終わったら更に嘆く連中が増えるんでしょうね」

「……なるほど。

誘ってくれた方の手紙にもそのようなことが書いてありましたが、隣領の方にもそう言って頂いているのであれば中々の好人物であるようですね」

オリアナがそう返すとその護衛はにっこりと微笑んで言葉を続けてくる。

「自分はエルダン様を一番尊敬していますし、これ以上ない程の敬意も抱いていますが……親しみやすさで言うならばディアス様が一番かもしれませんね。

なんと言ったら良いのか、あの方には言葉に出来ない妙な魅力があるんですよねぇ……偉大で威厳のあるエルダン様とは全く違った不思議な魅力が」

そう言ってからその護衛はかなり不自然な形で前方へと視線をやる。

その周囲に居た護衛達も似た様子を見せて……そして馬車が少しずつ速度を緩めていく。

それを受けてオリアナが何事だろうと首を傾げていると、護衛の1人が前方へと馬を駆けさせたかと思ったらすぐに馬車の側へと戻ってきて、

「エルダン様がいらっしゃいました、皆様を歓待したいとのことです」

との報告をしてくる。

それを受けてオリアナはまさか公爵が自ら出迎えをするなんてと心底から驚き唖然とし……それから少しの間があってから大慌てで手鏡を取り出し、自らの髪や化粧、服装の確認をし……その隣でフェンディアは至って落ち着いた様子で神官服を整え、壁に立てかけていた杖を手に取る。

それから2人は馬車のドアが開かれたことを受けてゆっくりと立ち上がり、馬車の外で待ってい

るらしい若き英雄マーハティ公エルダンに挨拶をするために、ゆっくりと馬車の外へと足を進めるのだった。


マーハティ公エルダンに客として招かれたとなってオリアナは一つの覚悟をしていた。

それは客人……遠方地からの旅人という情報源として、様々な話をマーハティ公に披露することになるだろうという覚悟だ。

王都から離れた辺境の地である程、王都からの旅人という存在は重宝されると聞いていた。

王都の状況は今どうなっているのか、どんなものが流行っているのか、どんな人物のことがどんな出来事のことが噂になっているのか……それと貴族達の力関係はどうなっているのか。

そういった情報を辺境地の領主が外から得ようとするのは極々自然なことで……そのために旅人は重宝される存在だとされているからだ。

それがある程度の信頼のおける立場であるオリアナであれば尚のことで……たとえそれが信頼のおけない放浪者であっても、噂程度の情報が得られるならと辺境地の領主は旅人を歓待するのだそうだ。

成り立てとは言え公爵が自ら出迎えてくれたのだから、公爵自らの屋敷に招いてくれたのだから……何人もの世話役をつけてくれて、たっぷりの湯を沸かしてくれて入浴をさせてくれて、食べきれない程の果物や砂糖菓子を用意してくれて、朝昼晩の食事には金貨何枚になるのかというような香辛料を使ってくれたのだから。

だからこそオリアナは当然のように持ちうる情報の全てを話すように求められると考えて、どういった情報から話していくか、楽しんでもらうにはどうしたら良いかと、そこまで考えて話の準備をしていたのだが……マーハティ公がそういった要求をしてくることは一切なかった。

ただただオリアナを歓待し、旅の疲れが癒えるようにと気を配り……無償の奉仕に近いそれは数日に亘《わた》って続けられることになる。

意味が分からない、意図が見えてこない。

それでいてマーハティ公は、他の客人を……自らを歓待しろと声を上げ続ける貴族達を無視するという暴挙にも出ていて、その話を噂話や世話係の雑談として耳にする度、オリアナは困惑を深めていくことになる。

オリアナも一応貴族の出ではあるが、ある伯爵家の分家の末席の、小さな領地しか持っていない名ばかり貴族の末娘でしかない。

そんなオリアナを歓待して、その貴族達……この近くに領地を持つ立派な家格の貴族を歓待しないというのがなんとも訳が分からない。

……まさかメーアバダル公の客人だからというだけの理由で、歓迎している訳でもあるまいに……。

そうしてオリアナは困惑し続けることになるのだが、その隣でフェンディアは気にした様子もなく日に日に豪華になっていく歓待をただただ純粋に楽しみ続けていた。

そんな友人の姿にオリアナは更に困惑してしまうのだが、それでもマーハティ公は歓待の手を緩めず……それをフェンディアは自然体で楽しみ続けてしまう。

オリアナにそんなことをする度胸はなかった、そんなことが出来る訳がなかった。

理由が分からないのが怖く、意図が見えてこないのが気持ち悪く、いっそ歓待を断ってしまった方が楽だなんてことを考えてしまうが、相応の礼もせずに報いもしないうちに歓待を断るなんて無礼な真似も出来ず……そうしてマーハティ公が満足する時まで、その豪華過ぎる程に豪華な歓待を、複雑な心持ちで受け続けることになるのだった。

イルク村の広場で――――ディアス

今日からイルク村にいくつかのユルトが新しく建つことになる。

ジョーとロルカが結婚することになり、更に5人の領兵達が婚約することになり……その相手が引っ越してくるからだ。

合計7人、新しい領民ということになるその7人は、お見合いをし、結婚を望んだ11人の女性達の中でも特に乗り気だったというか、勢い余って前のめりになっていた面々で……まだしっかりとした結納も終わっていないのに、仕事があるならとイルク村に来てくれるんだそうだ。

関所などで魂鑑定魔法を使っての、来訪者の見極めはとても重要かつ危険も伴う仕事だ。

となると当然相応の報酬を支払う必要がある訳で……家事以外のそういった仕事で報酬がもらえるならと思っていた以上に前向きになってくれたらしい。

便利で使いようによっては様々なことが出来そうな魂鑑定魔法だが……7人はアルナーに比べると魔法の扱いが上手くないらしく、精度に問題があるというか簡単に対策出来てしまう程度なんだとかで、そこまでの過信は出来ないそうだ。

相手がそれなりの魔力を持っていれば対策されてしまうし、魂鑑定に限らず魔法全体を防ぐような何か……そこまでの力がない品であっても、それを身につけているだけで効かなくなってしまうとかで……だとしてもまぁ、役に立つ魔法であることには変わらないだろう。

魂鑑定魔法にばかり頼っていてはいけないということは、既に周知のことでもあったし……こっそり使うとか、不意打ちで使うとか、対策を回避する方法もそれなりにあるようだし、来訪者との面談を行うことになるクラウスの人を見る目と犬人族の鼻を組み合わせて運用することで、なんとかしていけば良い話だ。

私としては精度どうこうよりも、そうやって見つけた悪人をどうするべきなのか……ただ悪意を持っていただけで罰すべきなのか、嘘を言ったとしてどの程度の嘘であるなら罰するべきなのか……など、領主としての判断というか、以前練習した裁判を実践することになるかもしれないという点の方が心配で……以前エイマから言われたことを気にして、アルナーとベン伯父さんとエイマ、ヒューバートとゴルディア達という的確な助言をしてくれるであろう面々を広場へと呼び出した上で、そこら辺の話をしてみることにした。

「……皆はそこら辺のことをどう思う？　相手が貴族だったりしたら尚更ややこしいことになるんだろう？

鬼人族の領民が増えて裁判がいくらか楽になるとは言え、そこら辺の判断はしなければならない訳だしなぁ……。

変な人がやってきて変なトラブルが起きてから慌てて考えるより、今から対策を考えておいた方が良いのではないかと思うんだが……」

と、私がそう話を振ると、ヒューバート以外の全員の視線が何故かヒューバートに集まり、それを受けてヒューバートが咳払いをした上で、言葉を返してくる。

「その辺りについては王都の判例集を取り寄せれば良い参考になるかとは思いますが……驚く程に値が張るものなので、財政に相応の余裕が出るまでは、自分が覚えている範囲の判例を参考にしながら皆さんで相談して決めるのが良いと思います。

そして貴族対策に関しましてはもう少しで到着するはずの、ダレル夫人に意見を聞いてみるのがよろしいかと思います。

貴族の子息や令嬢のマナー教師をやっていた夫人は、貴族間のトラブルの防止や回避に詳しく、同時にどう対処すべきなのか、どういう裁きが下されてきたかということにも詳しいそうなので、そういった時には頼りになる方です。

教育の一環として、こんな事件が起きたらどうするべきか、こんな時にはどう立ち回るべきか、どういう判断をすべきかという形の、実例を交えての実践形式の授業もしてくださる方だと聞き及んでいますし、余程のことがなければ問題はないでしょう」

そう言ってヒューバートは一度言葉を切り、一瞬だけ思い詰めたような表情をしてから、何か覚悟でも決まったのかもう一度咳払いをし……それから私の目をじっと、いつも以上に力強く見つめながら言葉を続けてくる。

「これからするのはあくまで仮の話ですが、いくら話し合いをしても結果が出ないだとか、判例にない問題だとか、急ぎ決断する必要がある案件などの場合には、ディアス様が己の心に従って判断を下してしまうのが一番かと思います。

どういう判断をするのか、どういった罰を下すのか、その辺りに関しましては公爵であるディアス様が、完全な独断で決めても全く問題がないのです……ここの皆さんはそれ程にディアス様を信頼していますし……何よりディアス様は公爵様なのですから、公爵様の決断とあれば否やもありません。

……相手が貴族でその決断を不服として揉めに揉めて、どうしようもなくなったとしても、ディアス様には公爵の権力と領軍という武力という最終手段がありますので、それがあれば大体のことは解決出来るでしょう」

……ヒューバートのそんな言葉を受けて、私は硬直し絶句してしまう。

最後の部分までは全く問題のない話だった、参考になるしダレル夫人の到着が待ち遠しいし……私が抱えていた不安のほとんどが取り除かれつつあった。

だけども最後の最後で余計な不安が生まれてしまって、それが今までのものとは比べ物にならない程に大きくなってしまっていて……私はそんな思いでもって悲鳴に近い声を上げる。

「い、いやいや、駄目だろう、駄目だろうそれは、そんなこと許される訳がないだろう!?」

するとヒューバートは至って冷静に……事もなげにあっさりと言葉を返してくる。

「いえ、王国法的には許されていますね、それが貴族というものですから。

……まぁ、あくまで最終手段、その使い方と判断を誤れば領民からの信頼を失い、払拭しようのない悪評を抱え込んでしまいますので、そうそう使える手ではありませんが……それでもそういう選択肢があるということを忘れないでください。

そう決断し過酷な罰を執行し、それを邪魔する者があれば武力と権力をもって排除する……。横暴にも思えるその行為でもって治安を維持し領民を慰撫し安堵させる……その覚悟と責務こそが貴族の義務であり、領主の義務なのです。

重く辛いこととは思いますが、それでも貴族である以上は、心のどこかで覚悟を決めておく必要があるでしょう」

そんなヒューバートの言葉に私は何か返すべきだと口を開こうとする……が、以前エイマに言った、普段はふんぞり返っておいて、罰を下すといった心苦しい部分だけを人に押し付けるのは嫌だという、そんな自らの言葉を思い出してしまう。

裁判の話から犯罪抑止の話をし始めたエイマ、その真意をようやく悟れたというか、なんというか……エルダンの授業でも似たような話があったが、まだまだその時は現実感がなかったというかなんというか……人が増えて色々な施設が出来上がって、色々なことが本格的に動き出して……ヒューバートにここまで言わせて、それでようやく私は貴族としての責任を自覚出来たようだ。

そうして何も言わずに……しばしの間を置いてからコクリと頷いた私は、未だに躊躇が残るがそれでも皆を守るためだ、貴族としてやるだけのことをやってやろうと……拳を握りながらの覚悟をしっかりと、重く深く胸に刻みこむのだった。

それからしばらくの間、あれこれと頭を悩ませることになった私だったが、数時間もするとこれ以上1人で無駄に悩んでも仕方ないかという結論が出て……とりあえず皆に意見を聞いたり話し合ったりして、皆の知恵を借りながら考えていくことにした。

これからやってくるダレル夫人という女性もそこら辺のことに詳しいそうだし、帝国ではどうなっているかを知っているモントに聞いてみても良さそうだし……様々な事件の中で様々な決断をしてきたはずのエルダンに聞いてみるのも良いかもしれない。

もちろん責任の重さを忘れずこれからもしっかりと考えていくつもりだが、私なんかが1人であれこれ考えるよりも、もっと頭の良い人達の意見を聞いてそれを参考にして……その上で考えていく方が良いはずだ。

そんな考えでもって開き直れた私は、新しく村にやってくる鬼人族の女性達のユルトが出来上がったとの報告を受けてその出来上がりの確認をしに行って……その途中で倉庫の側で先程の私のように頭を悩ませているエリーとセキ達の姿が視界に入る。

その側には売れ残った若いヤギの姿もあって……今日から村で飼うことになったオスが二頭メスが二頭のヤギの名付け辺りで悩んでいるのかな？　と、そんなことを考えながら声をかける。

「どうしたんだ？　四頭も名付けをするとなるとやっぱり大変か？」

するとエリーとセキ達はそんなことで悩んではいないとばかりに首を左右に振って、それからそれぞれが手にしていた大きな革袋を開き、その中身をこちらに見せてくる。

「ん？　なんだこの袋……って、これ金貨と銀貨か!?

な、何枚あるんだこれ!?　いつのまにこんなに稼いだんだ!?」

革袋にたっぷりと入ったその中身を見るなり私がそんな大声を上げると、エリーが頬に手を当てて小首を傾げながら言葉を返してくる。

「それがねぇ、思っていた以上に売れちゃったのよ、氷が、お隣で。

最初はマーハティ公だけに売ろうかと思ってたんだけど、領主様とかお金持ちとかは自分達で使う分を自分達で作ってるみたいなのよねぇ。

だから市場で売ることにして……でも最初は全然売れなくて、そしたらセキが氷で冷やした飲み物を売ったらどうかって言い出して……そういうことならって向こうの市場で材料を揃えた上で売ってみたのよ。

果実水にハチミツを入れて薔薇《ばら》水で香り付けをして、それを氷でうんと冷やして馬車を露店みたいにして販売して……そしたら日に日に売上が伸びていって……。

元々マーハティ公に売るつもりの物だったし、輸送とかに結構な手間もかかってるし……そういう訳で値段はかなりの高額設定にしたんだけど、それでもあっという間に売れちゃって、この結果という訳よ」

そんなエリーの言葉に自分の名前を出してもらえたことが嬉しいのか、ニコニコ笑顔のセキが続く形で声を上げる。

「獣人国でもそうでしたけど、普通の庶民には氷の使い道なんて分かんねーと言いますか、冬以外に目にすること自体がねーですから、買って使うって発想がねーんですよ。

だけども夏場に冷えた飲み物を飲む爽快感っていうか快感は貴族も庶民も関係ねーですから、一度飲みさえすればあっという間ですよ。

俺達が馬車の前で一気飲みをして、美味い美味いって声を上げて、夏なのに冬みたいに体が冷えるなんてこと言ったら何人かが興味を持ってくれて……そこからはもう向こうの景気が良いってのもあって売れてくれましたね。

ヤギでもまぁまぁ稼げましたけど、氷はその十倍以上の稼ぎになったんじゃねーですか？」

そんなセキの声に続く形でサクやアオイもあれこれと語り始めて……セキ達が隣領で集めた情報によると、氷の需要はまだまだ……私達が思っていた以上にあるようだ。

そんなに需要があって儲かるならエルダン達も作って売れば良いのにと思うが……向こうの夏は長く暑く、自分達で使う分で精一杯なんだそうだ。

隣領にも寒い地域はある、西側の森の近くや北の山地など、冬になれば雪が降る地域はそれなりにある。

そこに石造りの池というかなんというか……大きなため池を造って水を流し込んで冬の間中、何度も何度も氷を作って保存して……それだけのことをしても夏までに結構な量が溶けてしまうし、一度使い始めたら止まらないしで、そもそも売るという発想がなかったんだとか。

私達もそれなりに氷を使いはするが……爽やかな風が吹き続けるおかげもあって、そこまでの量ではない。

最初から売るつもりで溜め込んだのと、自分達で使うつもりで溜め込んだのと、その差は大きなもので……その結果がこの金貨と銀貨という訳だ。

「……今年の氷は春になったばかりの頃、慌てて山の湖とかからかき集めたものだったよな。

……真冬の間なら、ここら辺でも簡単に氷が作れる訳だし……来年は今年以上の氷を用意出来る訳だよな。

そうすると……来年はもっともっと稼げるってことになるのか？　これ以上の金貨と銀貨が集まるということなのか？」

セキ達の話を受けて私がそう言うと……エリーとセキ達は「いやいやいや」と言いながらその手と首を左右に振り、言葉を返してくる。

「お父様、たくさん作ったなら作った程、その品の価値は低くなるものなのよ」

「市場で売れてる様は他の商人も見てますから、来年は他の商人も売り出すんじゃねーですか？」

「既に氷が作れる土地の売買が始まっていて、ため池造りも盛んになってるようですね」

「もちろん来年も売りに行きますけど、ここまでの稼ぎは期待しない方がいいです。港があれば船に詰め込んで、南のうんと暑い地域に売りに行く……なんて手もありそうですけどね。

あとは思ってた以上に、氷や冷却ツボの力で食べ物の鮮度を保てることが分かったんで、牧草が豊富なここで家畜育てまくって肉にして持ってって売るとか……どこかで魚でも捕まえて持ってって売るとかの方が良いかもしれませんね。

今回大量のヤギを運んで思い知ったんですけど、家畜の運搬って面倒くさすぎますよ、ここで解体して肉にして、肉だけで運べるなら良い商機になるんじゃないですかね？

骨とか内臓とか余計なものがない分だけ軽くなる訳ですし、輸送がうんと楽になりますよ」

エリー、セキ、サク、アオイの順番でそう言って……そしてエリー達の視線がアオイに突き刺さる。

その発想はなかったという表情で、その商機は見逃せないという欲望を漲らせて……そしてアオイによくその発想に至ったと、そんな声をかけてエリー達の手がアオイの頭に襲いかかり、髪の毛がグシャグシャになるまで撫で回される。

それから実際にやれるものなのか、試しに色々やってみるべきだとか、それ用の容器なり馬車なりを作るべきだとそんな話し合いが始まって、盛り上がっていっているところにモントがスーリオとリオード、ディアス、クレヴェの3人を引き連れてこちらへとやってくる。

「おう、ディアス、なんか話があるんだって？　ヒューバートの奴が使いを寄越したぞ。帝国法や帝国領主の在り方、だったか？　んなもん俺だってそんなには詳しくねぇぞ」

やってくるなりそう言ってくるモントに私が言葉を返そうとしていると、スーリオ達の視線がセキ達の方へと向けられて、セキ達の視線もスーリオ達の方へと向けられる。

そして両者はお互いのことを興味深そうに見やって……一体全体なんでそんなことに？　と、私が首を傾げていると、エリーがそっと小声で話しかけてくる。

（この子達がちゃんと相対するって今回が初めてなのかしら？　すれ違ったり、チラッと顔を合わせたりは何度かしていたはずなんだけど……お互い、何か思うところがあるのかしらね？

隣領での商いの時とか道中とかは特に変なこともなかったんだけど……）

それを受けて私がそう言えばそうだったかな？　と、そんなことを考えながら首を傾げていると、そんな状況が面倒くさくなったのか、モントがスーリオ、リオード、クレヴェの3人の尻を義足で蹴飛ばし、半ば無理矢理にセキ達との会話を促し……会話が始まる。

私が知る範囲だと隣領の獣人達は獣人国から誘拐されてきた者達とその子孫であるらしい。

建国王が一度大陸統一を成していることから、その時代からの住民達もいそうではあるが……ヒユーバート曰くその可能性は低いそうだ。

歴史学者が唱える説の一つに、獣人差別が悪化した結果、獣人達が反乱を起こし大陸西部を占領し独立、そうして獣人国を建国したというものがあるそうで、隣領や他の地域……獣人を一切見かけない王国東部の獣人達はその時にほぼ全員が獣人国に移り住んだのではないか、反乱に参加したのではないか……その後の差別の中で排除されてきたのではないか、ということなんだそうだ。

そういった差別や暴力を厳禁としている聖人ディアの教えはどこに行ったんだと思ってしまうが、新道派なんてものが生まれてしまっていることからも、古い教えを守ろうとしている人達の方が少数派なのかもしれないなぁ。

そんな経緯を踏まえた上で変な空気で見合ってしまっている獣人国出身のセキ達と、隣領出身のスーリオ達の間柄を考えると……存在を知っているが顔を合わせたことのない親戚、みたいなものだろうか？

実際モントに蹴られても尚スーリオ達は何を話して良いのか分からないという顔をしていて、セキ達は商人としての経験からなのか笑顔での挨拶は出来ているが、耳を伏せて尻尾を垂れさせて、どうして良いか分からず怯んでしまっている印象だ。

私達メーアバダル領を挟んで日々を送っている西の獣人と東の獣人が何とも言えない空気を作り出していて……だからと言って私がここで何かするのも変に思えてそちらには触れずにエリーに小声で話しかける。

「そう言えばエルダンの母親も獣人国出身なんだよな？　そうすると……いずれは故郷に顔を出すとかいう話になる……んだよな？

　隣領から東関所、東関所からイルク村、イルク村から西関所までの街道はもう出来上がっていて……それでその、そういうのはどういったタイミングで行われるものなんだ？」

　するとエリーはどう返したものかと数秒悩み、それから言葉を返してくる。

「どのタイミングでかと言えば、メーアバダル領の準備が出来次第ってことになるんじゃないかしら？

　お互いにその時を待っているんでしょうし」

「その時を待って……？　いや、行きたいのであればそう言ってくれさえしたら準備でも協力でもいくらでもするが……？」

「マーハティ公や母君があちらに行くとなったら、私達がその身の安全を保障する必要があるし、歓迎の宴とか式典だって必要になるし……マーハティ公達は私達にそういった負担をかけないよう遠慮してくださっているのよ。

　ペイジンさん達が隣領に行く分にはそこまで気張らなくても良いけど、それでも護衛や案内は必要になるでしょうし……両者がうちで会談したいと言い出したら迎賓館の準備だって必要になるじゃない？」

「うーむ、そう言われるとそうか……街道があるからそこを通ってくれで終わる話ではないのか」

「そういうこと。

それと東西の獣人さん達が出会ったのなら、どうしたって交流が始まる訳じゃない？

悲劇で離れ離れになった人達が再会して友好を深めたとなったら、次には商人を始めとした人の行き来や物の行き来が盛んになる訳で、盛んになればなるほど問題が起きてくる訳で……それに私達がちゃんと対処出来るのか、対処をするための準備が整っているかっていうのは大事なことなのよ。

通行税取り立てのための人員だって確保しなければならないし、街道を通ってる間の安全を保障するためにモンスター狩りを積極的に行わなきゃいけないし、鬼人族さん達に迷惑がかからないよう領土の境に見張りを立てなければならないし……。

そのためには人も武器も何もかもが必要で、マーハティ公達はそれら全てが整うその時を待ってくれているのよ」

「ふーむ……そういうことか……それで現状、一体何が足りてないんだ？」

「んー……何もかもが足りていると言えば足りているし、足りていないと言えば足りていないし？

関所に関してはクラウスさんやモントさんに任せて、警備はお父様とサーヒィさんや犬人族ちゃん達に頑張ってもらって……歓迎はアルナーちゃんやお婆ちゃん達に任せればなんとかはなるわね。

ただそればかりになると他のことが出来なくなっちゃって、日々の生活やイルク村の維持が出来なくなるから、行き来する人数を限定するとか、機会を月に数回と限定するとか、そういった制限が今の状況では必須になるかしら。

それでも問題ないと許可を出すのか、もうちょっと準備が整うまで待つのかはお父様次第ね。

マーハティ公やペイジンさん達が、早く向こうに行かせろとか早く向こうで商売させろとか言ってこないのは、そういった面でお父様に負担をかけてしまうということを分かっているからだと思うわ。

メーアバダル領が破綻してしまえば全てが台無し……両者共に良い緩衝材かつ橋渡しになってくれているお父様を失いたくないと考えているのでしょう。

……ただ関所にせよ街道にせよ維持費がかかるから、それを回収するためにいつかは開放をしなければならないでしょうね。

人手も手間もかかるけど、その分だけ通行税が入るし交易が盛んになればそれ以上の収入があるし……それこそが街道を造った本来の目的でもあることを忘れないでいて欲しいわ」

「ふぅぅぅむ、なるほどなぁ。

……そういうことなら代表の皆と相談して、それともう一度両方の関所を確認してから考えてみるとするか。

特にクラウスに任せている森の関所はあんまり行けていないからなぁ……人の行き来が盛んになっても問題ないか、しっかり確認しておかないとだなぁ」

私がそう言うとエリーはそれが良いと頷いてくれて……そして私達の会話中、ずっとぎこちない会話を続けていたセキ達とスーリオ達が何故か私達の方を見てから頷く。

「ではこっちの交流とかもディアス様の準備が終わってからということで」

「ああ、それで問題ない」

それからセキとスーリオの順でそう言って……どうやらお互いに会話をしながら私達の会話をしっかりと聞いていたらしい。

聞いていて自分達の交流は行き詰まっていて……そういう訳で後の自分達というか、これからの展開に丸投げしようとしているようだ。

そんなセキ達を見て半目になったエリーは腕を組んで大きく胸を張り、それから静かに重い声を上げる。

「セキ、サク、アオイ、この私がそんな有様を許す訳ないでしょう。

どうしても上手くいかないというのなら、スーリオ達と一緒に行動して鍛錬なり勉強なり一緒にやってきなさい。

それから食事も一緒に摂って……何なら隣領の話でも聞いて商機を掴んできなさい。

大事な接待ということで倉庫の上等なワインを使っても良いわよ、アンタ達が飲むのは許さないけど」

するとセキ、サク、アオイの３人は何かを言いたそうにするが、こうなったエリーに何を言っても無駄だとこれまでの経験で学んでいるのだろう、何も言わずに頷いて、中々様になっている仕草

でスーリオ達に向かって一礼をしながら、

「では、これから同行させていただきます」

「よろしくお願いします」

「夕食はおいっしいのを用意しますよ！」

なんてことを言って行動を開始する。

それを受けてスーリオ達は少しだけ戸惑った様子を見せながらも受け入れて、そうして６人は一塊となって歩き出し、何故だか胸を張っての大威張りでどこかへと歩いていくモントの後を追いかけていくのだった。

馬にまたがり街道を進みながら――

領内に出来上がった東西を繋ぐ街道を、領外の人達が行き交うようになるかもしれない。

これまではそのことを深く考えてこなかったのだが、領民の皆にとってもこの草原で暮らす鬼人族にとってもそのことは重大なことで……そうなる前にきっちりと確認をしておこうとなった。

ナルバント達が建造……というか改築を進めている西側関所からスタートし、街道を東に向かってまっすぐに進んで、その途中に造られている休憩所で一旦足を止めて……馬達に水を与えて草を食べさせてそれから、ゆっくりと休ませてみて、不便などがないかをしっかりと確認していく。

街道脇の休憩所には石製の椅子やテーブルがあり、それらを覆う大きな屋根があり、側に井戸や厠《かわや》があり……馬に水を飲ませたり食事をさせたりする場や、馬を繋いでおくための簡素な厩舎や、石組みの竈なんかも用意されている。

椅子やテーブルが何故石製かと言えば盗難を防ぐためだからだそうで……外の人間が来るということはそういうことなのだろうなぁ。

厩舎や井戸や厠も壊されても良いように本当に簡単な造りとなっていて、簡単な造りのおかげで修理や増築は簡単に出来るはずだ。

そんな休憩所を使うのはベイヤースに乗った私と、カーベランに乗ったアルナー、シーヤとグリに乗ったセナイとアイハンで……今回のことは確認ついでの家族でのお出かけでもあったりする。

遠乗りと言うんだったか……たまには家族でこうするのも良いだろうと皆に言われたのもあってのお出かけとなっていて、アルナーもセナイもアイハンも、そして馬達もなんともご機嫌で楽しそうにしている。

「馬の水飲み場は汚れていると馬達が嫌がるから、毎日掃除した方が良いかもしれないな。そのために人手を割くのは大変だが、その大変さは通行税という形で取り返せるだろう」

「ゴミ捨てるとこ、欲しい！　じゃないと皆そこら辺に捨てそう！」

「きゅうけいじょに、ばんごうをふって、わかりやすくしたほうがいい！」

楽しそうにしながらもそんな意見を、アルナーだけでなくセナイとアイハンまでが出してくれて……色々な仕事を手伝ってくれているからか、エイマの授業を受けているからか、なんとも利口というか鋭い意見になっている。

２人も少しずつ成長しているんだなぁと感慨深い気分になりながら、それらの意見を忘れないように持ってきた紙に書き込んで、それからまた移動を開始し……すると今度は西側迎賓館が見えてくる。

迎賓館のユルトと、先程とは違ったしっかりとした造りの休憩所と、見張りの犬人族達のためのユルトなどがあり……ついでに地下室への階段を覆っている小屋なんかもその一帯に建っている。

地下室……というか地下倉庫にはかなり減ってしまっているが氷や雪と、食料などが詰め込んであり……今のところはそれらの食料などは犬人族達用となっている。

そんな西側迎賓館へと私達が近付くと、今日の見張り当番のシェップ氏族の若者達がこちらに気付いて尻尾を振ってくれて……そんな若者達の手にはそれぞれの名前が刻み込まれた陶器のコップが握られている。

入れた水を冷やしてくれる不思議な水瓶《みずがめ》と一緒に作られたそれは……まぁ、言ってしまうと普通のコップなのだけど、木製のものより中に入れた水の冷たさを維持出来るんだそうで、夏場は皆がそのコップを愛用している。

地下倉庫でうんと冷やした水を、そのコップに入れて仕事の合間などに飲んでいて……中にはエリーが隣領でしていた商売の話をどこかで聞きつけたのか、ハチミツや薬草、香辛料や塩などそれぞれ好みのものを入れて、味付き香り付きの冷水を作り、飲んでいる者達もいる。

領内を見回りする者、鍛錬する者、砦関係で力仕事をする者、家事を手伝っている者、その全員がそれぞれの方法で冷水を楽しんでいて……夏の暑さで火照《ほて》った体が冷やせるだけでなく、結構な滋養があって美味しくて、不思議な水瓶と地下倉庫は思っていた以上の恩恵を与えてくれているなあ。

「あんまり飲みすぎると腹を壊すそうだから気をつけるんだぞ！」

と、若者達にそんな声をかけたならまた移動をし……イルク村に到着したら一日目は終了となる。

二日目はイルク村からスタートし、街道を東に進み……迎賓館、休憩所を通ったなら森へと入っていく。

森を貫く街道は木々が少なくなっているからか、爽やかな風が吹いていて……その風からは森の香りというよりは、薬草のものに近い爽やかな香りを感じることが出来る。

「街道の側にね、ばーっとたくさん良い香りのする薬草植えた！」

「むしよけにもなるんだよ！」

その香りに鼻を鳴らしていると馬上のセナイとアイハンがそう言ってきて……私はそんな手があったとはと驚きながら2人に言葉を返す。

「森の中の虫は鬱陶しいからなぁ……それが寄ってこないとなったら旅人も商人も、馬車の馬達も喜ぶに違いない。

2人共、とっても良いアイデアだと思うぞ、ありがとう」

するとセナイとアイハンは満面の笑みで喜んでくれて……それから2人でもっと良いアイデアはないかと、こんな手はどうだろうかと話し合い始める。

そんな2人の様子を私とアルナーは微笑ましげに眺め……爽やかな風が吹き、良い香りがし、その上虫が寄ってこないという快適な道中を堪能する。

そうやって街道を進むと森の中にも休憩所があって……それを通り過ぎると改築が進んでいる東

側関所が見えてくる。

東側関所の手前にはそこから木材を調達したのか木々のない開けた一帯があり、その奥にはイルク村で見たセナイ達の畑によく似た場所があり、そちらへと視線を向けているとセナイ達がそこについての説明をしてくれる。

「木を伐《き》ったらその分だけ植えるんだよ！　植えるまではあそこの畑で育てる！」

「おいしいきのみがとれたり、いいもくざいになったりする、きをうえる！」

「そうしたら食料もたくさん手に入るし、売れるようになるかも！」

「じかんがたくさんかかるから、いまからやっておかないと！」

なるほどなぁと感心しながらその畑を通り過ぎると実際に植えているのだろう、小さな木々が等間隔に並んでいる一帯が見えてきて……そこを通り過ぎると作業員のためのユルトと作業場と、改築が進んでいる関所が見えてきて……木杭の壁をより大きくして見張り台を増やし、少しずつ石を積み上げての石壁造りも進んでいて……旅人用のユルトなのか、刺繍した布や木の門というか柱というか、イルク村では見ない品々で飾り立てられたユルトも何軒か建てられている。

「……なんか騒がしいな？」

そんな関所へと近付くと何人かの犬人族達が尻尾を振りながら歓迎してくれて、作業員達も興味深そうにこちらに視線を送ってきていて……だがクラウス達の姿がなく、関所の向こう、門の向こうから何人かの話し声が聞こえてくる。

するとと長い耳をピクリと反応させたセナイとアイハンが、

「女の人……かな？　丁寧に挨拶してる？」

「たぶんおきゃくさま、くらうすはそっちにいるとおもう」

と、そんなことを言ってくる。

……女性というとヒューバートやベン伯父さんが呼んだという人達だろうか？　確かにそろそろ到着してもおかしくはないが……。

セナイ達の言葉を受けて私がそんなことを考えていると、関所勤めのマスティ氏族の1人がこちらに駆けてきて、

「なんか凄い感じの客様です！」

と、そんな報告をしてくれる。

凄い感じとは一体？　と、首を傾げながらも、ここであれこれ聞くよりも、そのお客様と直接話した方が良さそうだとベイヤースから下りて、犬人族に手綱を預けてから、関所の門の方へと足を進めるのだった。

森を貫く街道を進む馬車の中で――――オリアナ・ダレル

想像以上の規模の、数日に亘っての歓待を受けたオリアナはその最後にマーハティィ公から小さな手紙を渡されていた。

それには今日までの数日で、マーハティィ公が件《くだん》の騒ぎを起こしている貴族達の目的についての調査をしていた旨が書かれており、その目的がメーアバダル公であるとも書かれていて……このことをメーアバダル公に知らせた上で、対策を手伝って上げて欲しいと、そんなことが書かれていた。

もともとメーアバダル公に仕える覚悟でやってきた身だ、そう頼まれて否やもないのだが……自分の専門はあくまで社交やマナーであり、政争に関しては多少の知識がある程度のみとなっていて、果たしてどれだけ力になれるのやら不安が残ってしまう。

けれども事が起きるまでに、そのことを知らせるだけでも意味があるはずで……出来るだけのことをしようとの決意を胸にし、マーハティィ公が用意してくれた随分と豪華な作りの箱馬車の乗り心地を堪能していると、隣の席に座るフェンディアが窓の外を見て、目を細めながら声を上げる。

「あらぁ、とても可愛らしい方々ですねぇ」

可愛らしい？　森の中を小動物でも駆けていったのだろうか？

そんなことを考えながらオリアナが自分の側の窓の外へと視線をやると、そこには馬車に並走している犬の姿があり……骨細工の首飾りをして服を着て、確かな意志と知性をもってこちらを見やっているその姿を見て、あれは本当に犬なのだろうか？　なんてことを思ってしまう。

犬でないとしたらあれは獣人？　獣人がなんだって馬車に並走を？　いや、そもそもマーハティ公が用意してくれた御者は何をしているのだろうか？

あれが獣人であるなら何用なのかと声をかけるとか、馬車を止めて対応するとか……誰かの飼い犬だとしてもその主を確かめるとか、色々とすることがあるだろうに、まるで何事もなかったかのように馬車を走らせ続けている。

……もしかして御者は彼らのことを知っているのだろうか？　何故並走しているのか、その理由まで知っているのだろうか？

仮にそうであるならば、御者もいちいち驚いたり反応したりはしないのだろうが……御者が駆ける犬達のことを知っているとして、ではあの犬達は一体全体何者なのだろうか？

やはり獣人……なのだろうか？　マーハティ領で見た人々とは随分違った姿をしているが……獣人の中にはあんな風に可愛らしい者達もいるものなのだろうか？

王国東部で長い間暮らしていたオリアナは、獣人に関しての知識は本や噂などで得たものしか持っていなかった。

それらの知識によると獣人とは野蛮で凶暴で、その見た目も悍《おぞ》ましいものであるとされていたのだが、実際に目にした獣人達は確かに変わった見た目をしてはいるが、野蛮でもなく凶暴でもなく、確かな知性を感じられる姿をしていた。

隣人であっても問題なく、友人であっても楽しそうで、恋人は……好みの問題で難しいかもしれないが、それでも真剣な愛を語ってくれたなら考えたかもしれない。

そう考えると王国東部での獣人への意識は明らかに悪意を持って歪められたもので……もし外を駆ける犬達が獣人だとするなら、その歪みを作り出した者達のことをオリアナは許さないだろう。

愛犬家であり、趣味の範疇《はんちゅう》だが動物の生態についての研究をし、一冊の本にまとめたことまであるオリアナからすると、人前では言葉に出来ないような侮蔑の言葉に値する程であった。

（もしあの子達が獣人なら……言葉を交わしたりも出来るのでしょうか）

そんなことを考えてオリアナが窓に身を寄せていると……開閉式になっているらしい窓の向こうから男性達の声が聞こえてくる。

その声の主は……後方に続く馬車に乗っているフェンディアの旅の道連れの男達であった。

フェンディアが市場で商売をすることになった原因で、この道中ずっと静かにただ2人の後をついてきた者達で……マーハティ公の歓待も辞退し、あてがわれた部屋でただただ鍛錬のみを繰り返してきた筋骨隆々の……フェンディアとは縁もゆかりもなさそうな見た目をした男達。

彼らは俗にいうところの神官兵であったらしい。

神殿を守り、神殿を頼る信徒達を守り、その体を徹底的に鍛え上げることで信仰心を示し、その肉体美を神の力の具現であるからと誇りとし、騎士をも凌《しの》ぐ剣技や武技を身につけている……公的にはただの神官。

そんな神官兵の中で彼らは特に真面目で敬虔《けいけん》な者達であったようだ。

日々を鍛錬に費やし、神殿や信徒を守ることを何よりの喜びとし……そして新道派の考えに猛反発する程に頑固で。

……新道派の重鎮達は、各地の神官兵達を都合の良い戦力、あるいは暴力として運用していた。神殿を守るのではなく自らの欲と利権を守らせ……相応の報酬と立場を与えることで巧みに支配して、新道派の立場を強めるための道具に仕立て上げて。

そんな状況を彼らは、神官兵の在り方ではないと受け入れられなかったらしい、彼らなりに抗《あらが》い、声を上げることで新道派を正そうとしていたらしい。

だが王族と組んだ上で狡猾《こうかつ》に立ち回る新道派の勢いを止めることは出来ず、声を上げれば上げる程、神殿内の立場を奪われることになり……そうして彼らが自らの無力さに苦悩していた折、旧道派であったフェンディアが旅立つことを知った。

妙に楽しげに、嬉しげに……嫌々神殿を出ていくのではなく、明確な強い意志を持った上で支度をするフェンディアを見て……神官兵達はフェンディアの後についていくことにしたのだった。

最初はこっそりと気配を殺して……そうしながらフェンディアの様子を探った、その目的を探った。

旅路で彼女が何度も読み返していた手紙をこっそり覗き見て、その署名の確認までして……そこにかのベンディアの名を見つけた神官兵達は、歓喜の雄叫びを上げながらフェンディアの下へと駆け寄り、自らの立場と目的を明かした上で、その旅に同行させてくれと、そう願い出たそうだ。

フェンディアからすると彼らは……とんでもない巨体だ、全然気配を隠しきれていなかったし、手紙の覗き見も堂々とし過ぎたものだったが、フェンディアは彼らが反新道派であったことを知っていたので、好きにさせていただけだった。

心優しく真面目ではある、敬虔ではある、少しばかり考えが足りないだけで……愛らしいところもある。

オリアナからするとそんなフェンディアの評は少しばかり首を傾げたくなるものだったのだが……真面目で敬虔であるという点はオリアナも同意だったので、彼らのことを特には問題視していなかった。

「むぅう、あの動きを見るにやはりあれは犬ではないのではないか？」

「ではなんだ、あれが噂に聞くライオンか？」

「いやいや、あれこそはクズリに違いない、さすがは辺境地だ」

「ふぅうむ、ベンディア師はクズリの肉を喜んでくださるだろうか？」

かなりの大声で交わされているそれは、なんとも頭を抱えたくなる会話だったが、それでもオリアナは彼らのことはフェンディアに任せておけば良いと問題視せず、相手にせず……出来るだけ視界に入れないようにもしていた。

自分達を食べると、そんな会話を耳にして愛らしかった犬のような何か達が鼻筋に皺を寄せて唸《うな》っているのを見て、色々と注意しておけば良かったかと少しだけ後悔することになったが……彼らのような存在は自分の手には余ると、余計な手出しをすべきではないと、そう考えて、オリアナは自分を納得させる。

（……彼らのことよりも、明らかに言葉を理解しているあの子達の方が気になるし……）

なんてことを考えてオリアナが犬に似た存在へと熱視線をやっていると、馬車が段々と速度を緩めていって……並走していた犬のような何かが何処かへと走り去っていって、それからざわめく人の声や何らかの作業の音などが聞こえてきて……馬車の窓を開けて少しだけ顔を出してみると……思っていたよりも立派な関所がオリアナの視界に入り込む。

一年と少しでこれ程の物が造れてしまうのか！　軍事施設としてもそれなりの出来になっている辺り流石は救国の英雄だ！　とオリアナが内心で驚いていると馬車が停止し、御者の手によってドアが開かれ……オリアナ達がゆっくりと馬車から降りていると、関所の主と思われる鎧姿の男性が関所の中から姿を見せて、オリアナ達の下へと近付いてくる。

その男性は粗野な鎧姿からは想像も出来ない程、丁寧な挨拶をしてきて、貴族のことを……礼儀のことをある程度知っているのかしっかりと対応してくれて、オリアナ達の旅の目的を聞くや関所の中へと案内してくれようとする。

こういった人物を関所の主に出来るのであれば、メーアバダル公は想像と違って、洗練された人物なのかもしれない……と、オリアナがそう考えた折、男性が出てきたドアからではなく、重々しい音と共に開かれた関所の門から1人の男性が姿を見せて、先程並走していた犬のような何者か達を伴いながらオリアナ達の下へとやってくる。

一言で表するなら無骨で無遠慮……失礼とまでは言わないが、少なくとも礼儀に関する知識は持っていなそうだ。

（……いかにも平民といった風体ですが、服の上からでも分かるあの体付き……もしかして……？）

そう考えてオリアナが念のために丁寧な……貴族に対する礼を取ると目の前の人物は、いかにも覚えたての、誰かに教わりはしたが使い慣れていないといった様子で礼を返してくる。

それを受けてオリアナは公爵様がわざわざ出迎えにくるのかとか、格下の貴族に同等の挨拶を返してくるのかとか、そんなことを考えて目眩を覚えるが……それでこそやり甲斐があるとやる気を漲らせ、犬のような何かに羨ましくなるくらいに慕われているらしい目の前の男性……メーアバダル公ディアスへ忠誠を示す跪《ひざまず》いての一礼を、これ以上なく丁寧かつ正確に披露して見せるのだった。

関所で、客人達を前にして――ディアス

今回やってきたのは全部で6人。

私達にマナーなどを教えてくれるオリアナ・ダレル夫人
ベン伯父さんの手伝いをしてくれるフェンディアさん。

そして神官兵であるというパトリック、ピエール、プリモ、ポールの4人。

金色や茶色の髪は私よりも短く整え、太い眉を厳しく吊り上げ、口元はしっかりと引き締め、私と同じくらいの体格で筋骨隆々。

神官服を身にまとい、手には鉄の杖を握っていて……儀式用らしいその杖は中々凄い作りとなっている。

先端は槍《やり》のように尖《とが》っていて、その下には尖った刃のようなものが柄をぐるりと覆うように何枚もついていて……そして柄の中央辺りにはツメというか、何かを引っ掛けるためのフックのようなものがついている。

それらはどう見ても戦闘用、戦場で見かけたとしても驚かないデザインになっていて……自己紹介を終えた4人の手にある杖を私がじぃっと見つめていると、4人が順番に声を上げてくる。

「流石メーアバダル公はお目が高い、これは中々の逸品となっておりましてな」

「こちらのフックは刃受けにございます、敵の剣をこれで受けたなら、杖をひょいとひねって剣を絡め取るとか折ってしまうとか……まぁ色々出来てしまう訳ですな」

「先端のは刃のように見えますが、しっかり潰してありますので刃ではありません、飾りなのです……えぇえぇ、誰がなんと言おうとも飾りでございます。

獣の頭は潰せますすし、丸太は砕けますすし、鉄の鎧も何のそのですが、刃ではないのです」

「神官から儀式用の杖を取り上げることは王族であっても難しく、我らはこれをどこにでも持ち込むことが出来ます。

会談の場であれ、交渉の場であれ、パーティ会場であっても、です。

神官である我らに暗殺などは絶対に出来ませんがその逆、警護においてはこれ以上ない適任であると自負しております。

メーアバダル公とご家族の身の安全は我らにおまかせください」

そう言って杖を地面に突き、グイと胸を張る4人にどう返したものだろうかと考えていると……彼らをここまで案内してくれた犬人族達が私の足元へと駆け寄ってきて、物凄い表情で彼らを見る。

嫌っている……というよりは警戒しているといった感じで、私が思わず身構えていると、関所の物見櫓《やぐら》から声が飛んでくる。

「旦那ぁ！　女も男も全員青だよー！」

それは早速関所で働いてくれている鬼人族の女性の声だった。

物見櫓の中で自分の姿を上手く隠しながらの魂鑑定を行ったようで、その結果を報告してくれたようだが……こんな風に声にされてしまうのも問題だなぁ。

犬人族を使ってこっそり知らせるとか、何か合図を決めておくとかした方が良いかもしれないと、そんなことを考えていると、青という報告を聞きつけたのか、念のために関所の中で待ってもらっていたアルナーとセナイ達がこちらへとやってくる。

するとダレル夫人を始めとした来訪者一同が驚いたような顔をし、アルナー達のことをじっと見つめる。

……ああ、そう言えば彼らは東部出身なのか。

私と同じでこちらに来るまで亜人、獣人を見たことのない人達で……いや、エルダンのところで散々見てきたはずだよな？

流石にそろそろ隣領周辺ではアルナー達のことが……私の家族が亜人であることが広まっているはずだし……一体何をそこまで驚いているのだろうか？

「おぉ、おぉ……本当であったか……ペンディア師の甥で救国の英雄で公爵でありながら、古道の教えに殉じておられる……」

「うむ、我らの旅路は決して無駄なものではなかったのだ」

「神殿生まれの公爵というのは王国史上初ではなかろうか？」

「聖人様の時代の煌めきが今ここに蘇ったのだ……」

なんてことをパトリック達が涙ぐみながら口々に言う中、ダレル夫人はアルナー達の下へとなんとも洗練された仕草で歩いていって挨拶をし……アルナー達が、

「ディアスの婚約者でウルツの子、アルナーだ」

「私はディアスの子、セナイです！」

「わたしはでぃあすのこ、あいはんです！」

と、父称での挨拶を返す。

それを受けてダレル夫人は静かに微笑み、満足そうに頷き……それから私へと視線を戻し、言葉をかけてくる。

「公爵閣下、実はマーハティ公エルダン様よりお手紙を預かっておりまして……その手紙によると先々この地に悪意を持った貴族がやってくるとのことなのです。

閣下の爵位を思えば大した相手ではなく、侮りたくなるでしょうが……相手も閣下の爵位は承知でやってくるはずで、何らかの手を打つつもりなのでしょう。

……その際、貴族らしい所作、振る舞いというのは大きな武器に成りえます。

立場に相応しい振る舞いでもって相手を威圧し、怯ませ跪かせ……敵対する前にその意志を挫《くじ》くだけでなく、その威光でもって味方に引き込むことが出来るかもしれません。

アルナー様、セナイ様、アイハン様も同様で亜人または平民と侮る者達を言葉ではなく所作で認めさせたなら、余計な心労を抱えなくて済むことでしょう。

……貴族というのはどういう訳か損を嫌います、そして嫌うからこそ相手に損をさせようとします。

その結果自らが大損することになるかもしれないというのに、それでもその愚行をやめられないのが貴族なのです。

そしてそういった者達にこそ礼儀作法という武器は効果を発揮するものなのです」

「……難しいことはよく分からないが、礼儀作法に気を付けろというのは伯父さんからもエルダンからも……両親にもよく言われていたからな、ダレル夫人には迷惑をかけることになると思うがよろしく頼むよ」

その言葉の全てを理解しきれた訳ではないが、真っ当なことを言っているように思えるし、礼儀作法程度で余計なトラブルが回避出来るというのなら、そんなにありがたい話はない。

言い終わるや否やといったタイミングでの私の言葉にダレル夫人は一瞬だけ目を見開き、そしてすぐに微笑み……その後も動揺しているのか何なのか、一瞬だけだが目を泳がせる。

その過程で私の足元の犬人族へと視線をやって、何かに驚いたような表情をして、それに釣られて足元へと目をやると、パトリック達に向けて鼻筋に皺を寄せて凄い表情をしている犬人族達の姿が視界に入り込む。

……ああ、青と言われたことで、こちらのことを忘れてしまっていた。

「……一体全体何があったんだ？　犬人族達がここまで怒ることなんてそうそうないぞ？」

そう言って私がパトリック達に視線をやると、未だに涙ぐんであれこれと言い合っていたらしい4人は、一瞬きょとんとした顔をしてから、自分達が何をしたのかに気付いたのか慌てた様子となり、こんなことを言い始める。

「か、彼らは獣人だったのですな」

「いや、失敬、つい獣の類と思い込んでしまっていて……」

「彼らのような獣人は初めて目にしたものですから、ご容赦いただければと……」

「肉にするなんてのは暴言に過ぎましたな……」

それを受けて私が、仮に動物だと思ったとして、首飾りをしていたり服を着ていたり、誰かが飼っている様子なのに肉にするとは何事だと、そんなことを考えていると……4人はそんな私の表情から何かを察したらしく、素早く動いて横一列に整列し、ビシッと背筋を伸ばしてまっすぐに犬人族のことを見やり、それから鋭く洗練された所作で頭を深々と下げ、

『申し訳ございませんでしたぁぁぁぁ！』

と、同時に響き合う声を上げる。

すると唸り声を上げる寸前といった様子だった犬人族達は、あまりの勢いと鋭さを持った謝罪に怒気を払われてきょとんとし、それから私の顔を見上げ、4人のことを見やり……気にしないでとか、そこまでしなくてもとか、オロオロとした様子でパトリック達に声をかける。

それを受けてダレル夫人は、

「……これは良い例とは言い切れませんが、このように効果があるのは確かなので、件の貴族が来るまでの間、集中して頑張っていただきます。

そして件の貴族に関しましては……良い実践練習の相手と思って存分に利用してやると致しましょう」

なんてことを言ってにっこりと微笑む。

微笑み静かに佇み、ほんの少しだけ首を傾げてその所作でもって同意を求めてきて……それを受けて私達は、なんだかよく分からないうちに一斉に頷き同意をしてしまうのだった。


早朝、広場で犬人族のブラッシングをしながら――オリアナ・ダレル

乞われて教育係となるためイルク村へとやってきて、不思議な幕家で一晩を過ごして……翌日、早朝。

広場に椅子を置いてそこに座り、幼い犬人族を膝の上に乗せてブラッシングをしてやって……そうしながらオリアナは朝の鍛錬をしているディアス達のことを眺めていた。

教育するにあたって重要なことは、その人物のひととなりを知ることだとオリアナは考えていた。

どんな人物でどの程度のことが出来て、どういう教育をすべきなのか……その辺りを見極めた上で相応しい教育を施す必要があるとの信条を持っているからだ。

そういった目線でディアスのことを見てみると、まず基本は出来ている。

孤児出身だと聞いていたが、孤児になるまでは神殿で暮らしていたそうで、そこで両親から平民としての最低限の教育を受けていたことが理由だろう。

昨夜見た限り、食事の作法も丁寧かつ綺麗なもので問題はなく、普段の所作においても見栄《みば》えするものを身につけている。

……この辺りに関してはもしかしたら戦場での暮らしが理由なのかもしれない。

それが分かるのは誰かに……犬人族達に指示を出す時で、そんな時にディアスは毎回ではないようだが全身に力を込めてピンと背筋を伸ばして直立し、温かな目でもって相手のことをしっかり見た上で、キビキビとしたブレや乱れのない所作で指示を出していた。

王国軍では指揮官や指揮官候補にそういった所作が出来るようにと特別な訓練を課すそうだが、どうやらディアスはそれを戦場の中で目にするうちに自然と学んでいたようで……未だ戦場のくせが抜けないのか、生活の中でのなんでもない指示でも時折、無意識にそんな所作を出してしまっているようだ。

日常の中でそんなことをしていれば疲れてしまうものだし、相応の負担が体にかかるものなのだが……ディアスにとってそれらは負担ではないようだ。

それもそのはずディアスの体はよく鍛えられていて……今目の前で行われている鍛錬がその体を作り出しているのだろう。

早朝、女性達が起き出して家事を行い始めて……ほぼ同時にディアスの鍛錬は開始となる。

数え切れない程の回数戦斧を振るい、なんらかの荷物……犬人族達なんかを抱えた状態で村全体を駆け回り、地面に伏せたりそこから飛び起きたり、しゃがんだりを繰り返し……汗だくになってもそれらを繰り返し続ける。

女性達が家事を始めて済ませるまでの間、ディアスはそれをずっと続けるつもりのようで……ある程度1人での鍛錬を続けたなら今度は、誰かを相手にしての模擬戦が始まる。

今日の相手はずっと鍛錬に付き合っていたパトリック達神官の4人のようで、杖を構えた4人を相手に鍛錬用のものなのか、ディアスの戦斧によく似た鉄の塊……刃を潰して分厚い布を巻き付けたものを振り回していく。

フェンディアが見守る中パトリック達は4人で囲んだ上で本気でディアスに挑むが、ディアスは囲まれていることに慣れているとばかりに、4人から様々な攻撃が放たれる中、それらをあっさりと回避してみせて、回避したと思ったらその動きの流れで1人に襲いかかって崩し、そこから包囲を脱し、残り3人を順番に叩き伏せるという素人目に見てもとんでもない動きを見せていて……それでもとパトリック達は奮戦するがまるで相手にならない。

パトリック達の息はひどく乱れて目は血走り、額には青筋が浮かび、模擬戦とは思えない程に本

気となってしまっているようだが、それでもディアスには余裕の笑みが浮かんでいて、

「中々やるじゃないか！」

なんて余裕のある言葉を口にしていたりする。

パトリック達はディアスやその家族の護衛を担当することが決まっている、そんな4人の腕が立つというのはディアスにとっては喜ばしいことのようで……本当に嬉しそうにしている。

一方パトリック達は先程までの鍛錬の段階でヘトヘトだったというのに、思っていた以上に激しい模擬戦をすることになり、限界に近い疲労の中で混乱してしまっているようにも見える。

相手はディアス、メーアバダル公爵という大貴族。

そんな相手に本気で武器を振るっている時点でおかしいのだが、どうやったら倒せるのかと、どんな作戦で行くべきなのかと声を上げての話し合いをしていて……正常な思考であればまずやらないであろうことをしてしまっていた。

(聞くところによるとディアス様は、この鍛錬の後も休みなく、陽が沈むまで働くそうで……パトリックさん達もかなり鍛えているはずなのですが、こうまで体力に差があるとは体の作りが違うのでしょうか……。

基本的な教育がなされていて善良で素直、体は出来上がっていて体力は無尽蔵で……。

……そんなディアス様に相応しい教育は……さて、どれなのでしょうねぇ)

オリアナが教えることの出来る作法は一般的な貴族のためのものや、軍の指揮官のためのものと

なっているが……果たしてそれらはディアスに相応しいのだろうか？

多少荒々しいところがあってもディアスは平民出身の救国の英雄だ、その方が「らしい」と受け入れられるはずだし、問題視する方がどうかしているということになるだろう。

下品に過ぎれば問題になるが、最低限の教育を受けているディアスにその心配はなく……変に型に嵌《は》めるよりは自然体の方が受け入れられることだろう。

（……他に私が出来る教育は王者のそれですが……さて、どうしたものでしょうねぇ）

実際にそれを教えた経験はないが、知識としてオリアナはそれを知っていた。

王家の者達に施される人の上に立つための教育、それに相応しい所作を身につけるための厳しい教育課程。

それを公爵級の貴族が学ぶことは何もおかしなことではない、特にこういった辺境領をまとめあげるためには必要なスキルであると言えるだろう。

オリアナの知る範囲ではサーシュス公爵がその辺りの作法を習得しているはずで……貴族としても指揮官としても王者としても、全てが完璧だったと伝え聞いている。

恐らくディアスにそこまでの器用な真似は出来ないだろう、出来てもどれか一つのはずで……改めてオリアナは、疲労のあまり地面に倒れ伏す汗まみれ土まみれのパトリック達を、嫌な顔一つせず抱き起こすディアスのことをじっと見やる。

（貴族としての作法はアルナー様、セナイ様、アイハン様に教えれば良いでしょう。

彼女達はディアス様やベンディア様から自然な形で作法を学んでいて……ディアス様程でないにせよ体を鍛えていて姿勢がとても良い、ひたむきさもありますからすぐに習得出来るはずです。

美しく洗練された作法で彼女達が補佐するディアス様は同じ作法よりも……やはり王者としての作法が相応しいように思えます）

そう考えてから深く息を吐き出し……それからふいに視線を感じて足元を見やると、幼い犬人族達がオリアナの足元に集まってオリアナのことを見上げてきている。

その理由は膝の上の犬人族で……幸せそうな顔で幸せそうな寝息を立てていて、自分もそうなりたいと、そんなことを思って集まってくれているようだ。

それを受けてオリアナは寝ている子を迎えにきてくれた親へと起こさないようにそっと預けてから、集まってきている子達を一人一人丁寧にブラッシングしていく。

（……これが終わったら朝食、それから授業開始といきましょうか。

トラブルが迫ってきている訳ですし……手早く見栄えするところから済ませていくとしましょう。

人前に立って所作で視線を集めて、まとう雰囲気と見栄えで相手を圧倒する……そんな人物になってくれると良いのですが……）

そんなことを考えながらオリアナは朝食の準備が整うその時まで、美しく洗練された完璧な所作で、幼い犬人族達へのブラッシングをし続けるのだった。

礼儀作法の授業が始まるとなって――――ディアス

イルク村に来て、丁寧かつ洗練された仕草で挨拶回りをし、あっという間に犬人族と仲良くなり、礼儀作法の重要さを教えてくれたダレル夫人だったが……これから私に礼儀作法を教えるとなった段階で、どういう訳か両手で顔を覆った状態で天を仰ぎ始めてしまった。

無言でただただ天を仰いで、私が声をかけても何も返さず……。

一体全体どうしてしまったのだろうかと首を傾げていると、護衛ということで私の側にいるパトリックが声をかけてくる。

「様子がおかしかったのは鍛錬後の水浴びを終えてからでしたな？」

「ん？　そうだったか？」

パトリックにそう返してから私は、首を傾げながら鍛錬後のことを思い返す。

鍛錬後汗だくになってしまったので服ごと川に飛び込んで、服も体も顔も頭も綺麗に洗って、それから川べりで火を熾して服なんかを乾かして……それから朝食。

朝食を終えたならアルナーやセナイ達の護衛をするというピエール達と別れてパトリックと共にダレル夫人の授業が行われる場となった広場に向かって……。

流石に水浴びの際にはその場を離れていたダレル夫人だったが、服を乾かす段階では確かにフェンディアと一緒に私達の側にいて……そうか、あの時から様子がおかしかったのか。

「……ただ服を乾かしていただけだと思うが、何か特別なことでもあったかな?」

私がそう言うとパトリックは首を傾げながらしばらく考え込み「ああ!」との声を上げてから言葉を返してくる。

「恐らくあれですな、火付け杖!

あの便利さには我らも驚かずにはいられませんでしたから、ダレル夫人もきっと驚きすぎてしまったのでしょう」

「……ああ、そういえばあの時アレを使ったか。

とは言えアレも、ただ火を噴くだけの杖で特別なものではないはずなんだがな……」

「ふぅむ……?

ディアス様はあのように不思議な力を持つ品をどこで手に入れられたのですかな?」

「ん? んん? ……あー……確かどこかで拾ったんだったか?

拾って、火を噴き出すことに気付いて、こりゃぁ火付けに良いと使い始めて……どういう訳か私とベン伯父さんにしか使えないもんだから、朝には私かベン伯父さんが持ち歩いて、村中の竈に火を入れて回ることにしているな」

「ははぁ……なるほど。

しかしあんな便利なものをたまさか拾うことが出来るとは……ディアス様は神々に祝福されてい

らっしゃるようで」

　パトリックがそんなことを言うと、静かに様子を見守っていたフェンディアがこちらへとやってきて、柔らかく微笑みながら声をかけてくる。

「本当に……ディアス様は神々に愛されているようで、この村に来てからというもの驚かされてばかりです」

「そんな大げさな……意外と探せば見つけられるものなんじゃないか？

　毒の短剣は荒野で拾ったし、この手元に戻ってくる手斧も池だか湖だかで拾ったものらしいしなぁ……もしかしたらあの念じれば修復される戦斧も誰かがどこかで拾ったものなのかもな」

と、私達がそんな会話をしていると、ダレル夫人の顔を覆う両手の隙間から「はぁぁぁぁー」と凄まじいため息が吐き出される。

　それを受けて私達が何事だろうかと更に大きく首を傾げていると、何か覚悟を決めたらしいダレル夫人が、ようやくこちらに言葉を返してくれる。

「……ディアス様には王者としての教育が必要不可欠だということがよく分かりました。

　アルナー様達への教育も一部見直す必要がありそうですが、今は何よりもディアス様の教育を徹底する必要がありそうですね。

　……ちなみにですがディアス様、ディアス様の家系は……その、かつて貴族だったことがあったりはしませんか？」

それを受けて私は首を傾げたままポカンとし……一応あれこれと記憶を探ってから言葉を返す。

「いやぁ……ないんじゃないか？　両親も伯父さんも代々神殿勤めだと言っていたし……父も母も貴族とは縁遠い存在だったと思うしなぁ……。伯父さんに聞けばハッキリするのだろうが……もしそうなら私が貴族になった段階でそういう話をしてそうだし、その頃の家名を使うとか言い出してそうだし……後で確認はしておくが、まぁー……ないと思ってもらって良いと思うぞ」

「そう……ですか。ちなみにですが、ヒューバートはその杖を見て何か言っていましたか？」

「ん？　いや？　特には言ってなかったと思うが……？」

「なるほど……では彼にも折を見て文官としての最低限の知識を改めて習得するよう説教をしておきます」

「んんん？　それは必要なことなのか？」

「はい、それが彼のためにもなります」

「そういうことなら……ダレル夫人の負担にならない範囲でお願いするよ」

私がそう言うとダレル夫人は深く頷き、何故だかフェンディアまでがうんうんと頷いて、それからようやく礼儀作法の授業が開始となる。

会場は広場で見学は自由、学びたいものは自由に学ぶべしとのダレル夫人の判断によるものでパトリックはもちろん、犬人族達やメーア達も見学するようだし、それとスーリオ達も時間を見つけて見学にくることになっている。

まずは立ち方、背筋を伸ばして胸を張って手の指、足の指にまで力を張り詰めて揺れることなく立つ。

次に歩き方、視線は常にまっすぐ前を向き、これまた揺れることなく堂々と……足の出し方、踏みしめ方、地面の蹴り方まで意識して行う。

そして座り方、頷き方、首を左右に振る際に注意する点、表情の作り方、目線の振り方。

礼儀作法というかなんというか、物凄く根本的な在り方というか生活の仕方というか、そのレベルの指導を受けることになったが、ダレル夫人の教え方が上手いというか……叱る際にもどこが悪いのかどうしたら良いのか、どうしてそれが必要なのかをしっかり教えてくれるため、全く苦になることなく授業を受けることが出来る。

この感覚はなんというか、志願兵になったばかりの頃の訓練時代を思い出すというか……その時の訓練に比べればとても楽だし、やり甲斐もあるというもので……あっという間に時間が過ぎていく。

「王者に求められる能力は数多く、簡単には語りきれないものですが、非日常の特別な存在であるということは欠かすことが出来ないでしょう。

一目見てなんだあれはと驚き、自分ではああはなれないと恐れ、それでいてああなってみたいと

憧れを抱く。

ただそこに居るだけで王者とは周囲に影響を与えるもので……ディアス様に今から覚えていただくのはそういった存在になるためのスキルなのです。

厳粛で荘重、森厳であれば尚良し、ただそこにいるだけで、ただ立っているだけで皆の心を動かせる人物となってください」

そうして昼食前、そう言って授業を締めたダレル夫人は、ずっと立ちっぱなしな上、身振り手振りで体を動かし疲れているだろうに一切それを感じさせずに折り目正しくブレのない一礼をしてから静かに自分のユルトへと去っていく。

それを何も言わずに見送った私達は、すぐに今覚えたことをもう一度やってみようと、ダレル夫人の言葉の通りに動こうとするが、どういう訳か上手くいかない。

ダレル夫人がそこにいた時は上手くいっていたのに……。

それからしばらくの間、どうして上手く出来ないのかと苦戦することになった私達は……思わずダレル夫人のユルトの方を見やり、いつにない尊敬の念を抱くことになる。

それからしばらくの間練習を続け……昼になったということで一旦練習を中断し、昼食を摂って少しの休憩時間を挟んでから、ダレル夫人の授業は再開となった。

午前中家事や畑の世話などで忙しくしていたアルナーとセナイとアイハンが合流してのそれは、主にアルナー達の仕草とかテーブルマナーについてが行われることになり……アルナー達は器用にダレル夫人からの指示をこなしていく。

「アルナー様は全体の所作からもう少しだけ力を抜くようにしてください。セナイ様はもう少し落ち着かれるとよろしいかと、アイハン様は覚えが良く所作も完璧ですが、もう少しだけハキハキと喋れるようになると一人前のレディに近付けるでしょう」

貴族らしい所作……静かに美しく歩くアルナーに、仮設のテーブルで空の皿を前にナイフとフォークを動かすセナイ達。

アルナー達がそうやって頑張る中、私も午前中に習ったことの復習をしていて……そんな私達の様子を見た夫人は、広場を完璧な所作で歩きながら貴族についてを語り始める。

「貴族としての所作、常識、マナーを身につけるのには、貴族としての矜持《きょうじ》を普段から披露することで、統治などをしやすくするという理由がありますが、もう一つ……建国王様が定めた貴族法が関わる理由が存在しています。

貴族制を考え出した建国王様は大変聡明な方でいらっしゃったようで、将来的に貴族という存在が腐敗するであろうことを予見されていたようなのです。

たとえば王族が様々な理由で……自らの威信を高めるためや、味方を増やすため、あるいは異性の気を引くために爵位を気軽に与えるようになってしまうかもしれない。

そうして増えすぎた貴族が平民の生活を圧迫するようになるかもしれない……貴族としての義務を忘れてしまうかもしれない。

「そうした事態を避けるため建国王様は貴族法……貴族についての法律を制定されました」

そこから始まるダレル夫人の話によると、貴族法という法律はかなり厳しい内容となっているらしい。

たとえば貴族は領地を持たなければならず、領地を持つということは貴族になるということであり……どんな理由であれ領地を失ったなら貴族ではなくなる、とか。

乱心し、正しい統治が行えなくなったなら爵位を強制的に返上しなければならないとか、後見人を立てて実権を手放さなければならない、とか。

貴族としての義務……治安維持や侵略者から領民を守るというのは当然のことであり……そのための予算や人員は貴族が自ら用意しなければならない、とか。

そういったことがかなり細かいところまで定められているらしく、貴族法に関して記すだけで分厚い本が出来上がってしまうんだそうだ。

「先の戦争で貴族としての義務を果たせなかった者は、貴族法を理由に相応の罰を受けることになりましたし、逆に領地を売り払い借金をしてでも義務を果たした者には相応の恩賞がありました。

貴族であるということは、そうでない者達が思うより楽なことではないのです。

貴族だからと貴族法に縛られ振り回される者がいる一方で……どんなに厳格な法でも抜け道があり、それを自らの欲のために利用しようとする者達がいます。

そんな者達にとって貴族としての常識、作法を知らないというのは格好の餌食となるのです」

更にそう言ってダレル夫人は、仮の話との前置きをしてから、あり得るかもしれない物語を語っていく。

腕っぷしで成り上がり貴族になった者がいて、貴族としての教育を受けていないその者が、ある日貴族らしからぬ言動をし、礼儀作法に反し、貴族失格とも言える何かをしでかしたとする。

すると悪意と欲にまみれた者達はこんなことを言い出すらしい。

その成り上がり者の言動は貴族らしさに反している、貴族法の定めるところの乱心の定義を満たしている。

ゆえに自分が後見人となり、成り上がり者の領地の安定を図る必要がある……とか、そんなことを。

そうやって諸々の手続きを終えたなら後見人としての権力を使い、成り上がり者から実権を奪って領地を私物化、領民達はもちろんのこと、その成り上がり者自身さえも奴隷のように扱ってしまい、成り上がり者は何もかもを奪われることになる――――。

「――――実際にそこまでの事態となることは稀なことです。

貴族の……ましてや公爵の後見人ともなれば王宮裁判を経る必要がありますし、王宮医師や神官長などによる本当に乱心しているかを確認するための面談が行われますから。

だけども彼らはそれを承知した上で騒ぎを起こし、騒ぎを穏便に収めたければ……と、脅してくるのです。

根回しをすることで他の貴族を味方につけて、場合によっては王族まで味方につけて、狡猾に卑怯に立ち回って追い詰めて……相手が貴族法に詳しくないと知れば更に欲望をむき出しにし、あることないことまくし立て……そうしてある程度の財貨を奪っていって、また数年後に別の手法でもって似たようなことを画策してくることでしょう。

この場合悪いのはもちろん、そういった悪意と欲にまみれた輩《やから》ですが、貴族社会と世の中というのは隙を見せた成り上がり者も悪いと、そんなことを言い出してしまうものなのです。

……ですから、礼儀作法を学ぶこと、貴族としての常識を学ぶこと、こういったこともまた領民達を守るために必要なことなのだとご理解ください。

このサンセリフェ王国においては砦を築き、武具を用意し、兵達を鍛え抜くのと同じ程度に必要なことなのです」

貴族法については以前エルダンが行ってくれた授業でも……確か、教えてくれていたはずだが、まさかそんなことになるものだったとは……。

なんてことを考えているとアルナーが半目での視線を送ってきて……視線と表情でもって「私は知っていたぞ」的なことを伝えてくる。

ある時からアルナーは私やベン伯父さんから王国式の食事の仕方というか、食器などの使い方を習っていたが……どうやらエルダンの授業でそこら辺のことを教わったことが理由だったようで……なんとも言えず私が頭を掻いていると、そんなやり取りを見たダレル夫人が声をかけてくる。

「ちなみにですが、ディアス様、アルナー様、そういった輩がメーアバダル領にやってきたとして、今のお二方ならどういった対応をされますか？」

「ん？　悪意を持ってここのものを奪いに来た連中ということか……？　……とりあえず全員ぶん殴って説教した上で追い返す、かな」

「矢を射掛けないで済ますなんてディアスは優しいな」

私とアルナーがそう返すとダレル夫人は眉をぴくりと反応させて、一瞬だけ表情を引き攣《つ》らせてから言葉を返してくる。

「大切なのはそういった事態を招かないことなのですが……もしそうなったとしても、悪意はあれど相手は同じ王国を守る貴族ですので、出来ましたらもう少しだけ英明で瀟洒《しょうしゃ》な対応をしていただければと……。

……これからこの地にやってくるだろう、２人の貴族達も恐らくはそういった目的でやってくるのだと思われますが、その時になってもそういった事態にならないよう……攻撃しないで済むよう、急ぎ詰め込む形にはなりますが懸命に学んでいただければと……」

そう言ってダレル夫人は、先程一瞬だけ見せた引き攣った表情からは想像も出来ない柔らかな表情を見せてきて、同時に何とも言えない圧迫感を放ってくる。

その圧迫感は上手く説明出来ないが私でも思わずたじろぐ程のもので……それを受けて私達が思わずといった感じで頷くとダレル夫人は満足そうに……本当に満足そうに笑みを浮かべる。

それから夫人は一段と力を入れての授業を行うようになり……数日後、夫人が言った通りに件の貴族達が東側の、森の関所へとやってきて……そこでちょっとした騒動が起きることになるのだった。

身支度を整えて関所へ向かい――

礼儀作法を身につけて、相応しい所作で動けるようになって、それで終わりという訳ではない。相手と顔を合わせれば会話をする訳で、会話のために相応の教養を身につけ、近々の出来事に関する情報をしっかり集める必要もあるし……相応しい格好をする必要もある。

それ相応の価値のある服や貴金属でもって己を飾り立てて貴族らしい格好をして……ただまぁ、これに関しては既に準備が終わっていた。

以前サーシュス公爵と会った時に着た貴族服、あれであれば相応しい格好と言えるはずで……それをダレル夫人に見せてみると、こんな声が返ってきた。

「……アートワー商会長が自ら仕立てた服に文句を付ける貴族は存在しないでしょうね……。彼……いえ、彼女のセンスは王族が注目する程とされていますし、素材も希少かつ高品質なメーア布を使っている訳ですし……。

……余裕があったらわたくしの分も仕立てて頂きたい程です……」

更には洞人族達が作ってくれた鎧もある。

武功でもって貴族となった私であればそういった格好も正装ということになるんだそうで……私の金鎧を見てのダレル夫人の反応はこんな感じだった。

「これはまた件の貴族達が喜びそうな意匠を……。

よく見てみればこれ以上なく精巧な作りをしていますし……王都の鍛冶師でもこれ程の品を作り上げることは不可能でしょう。

……超一流の仕立て職人に鍛冶師に……これだけの品が作れるのであれば道具も一流のものなのでしょうし、それらに負けない程の素材も手に入る……辺境地とは一体……？」

貴族服でも良い鎧でも良いとなると、どちらにすべきか？　という話になってくるが……ダレル夫人によると鎧で良いだろうとのことだった。

相手は私に難癖をつけようとしている、友好という言葉から縁遠い者達だ、鎧で威圧するくらいがちょうど良いんだそうで……そういうことなら戦斧を持っていってガツンと威圧してやろうかと思ったのだが、なんとも面倒くさいことに武器で威圧となると、やり過ぎというか宣戦布告とか敵対宣言として取られかねないそうで……武器は腰に剣を下げる程度にして欲しいとのことだった。

……そう言えばサーシュス公爵も仕込み杖なんてものを持っていたしなぁ、どうやら貴族の武器というか手に持つ物は、なんともややこしいことになっているらしい。

「戦斧よりも火付け杖を持ってください、貴族が杖を持つのは流行と言いますか、もはや作法にまでなっていますから……。

ああ、だけどそのまま持つのではなく布で包んでおいて……いざという時だけ顕《あらわ》にすると言いますか、見せつけると言いますか……。

……その際はわたくしが合図いたしますので、布を広げて顕にして――――はい、そのように使っていただければ問題ありません」

こんなことを言われてしまう程にややこしいようで……正直ただ火を付けられるだけの杖が貴族の持つ品として相応しいとは到底思えないのだが……他の誰でもないダレル夫人がそう言うのだから、何かこう……それっぽい理由があるのだろう。

……そこら辺の理由を聞いてみたのだが、すぐに顔に出てしまう私にそれを教えるのは危険なんだそうで……理由に関してはその時が来たら教えてくれるらしい。

まぁ、うん、ダレル夫人がそう言うのなら仕方ない……服装と杖が揃って、あとは会話のための教養だが……これに関しては貴族に成り立ての私であればそこまで求められないとかで、最低限……連中が来るまでの間に学べる範囲で問題ないらしく、そこら辺の話が終わった後はそこら辺の教養と彼らについてを学ぶことになった。

領地は隣領の東端、エルダンの父親に領地を買われまくった結果、隣領に張り付いたような形になってしまったらしい場所。

エルアー伯爵は普通の貴族と言える人物らしく、普通に優秀でそれなりに賢く、誰にでも友好的に接し……そうしながら相手の隙を探って相手を蹴落とすか傀儡《かいらい》にしようとしてくる。

アールビー子爵は貴族にしては変わり者であるらしく、優秀ではあるのだが少しだけ短慮で直情的、自分は常に正しいと思いこんでいる節があり、それがゆえに他者に対して攻撃的で……貴族のたった1人の男子として生まれてこなければ、ひどいことになっていたであろう性格をしているらしい。

そんな2人はエルダンの情報によると、ここまでの道中でどういう訳か気が合って手を組むことにしたらしく、2人同時というか同じ馬車でもってメーアバダル領にやってきた。

その連絡を受けて私は鎧を着込み、腰に剣を……ナルバントがモント達のために作っていた剣を一振り下げて、メーア布に包んだ火付け杖を持ってベイヤースに跨《また》がり森の関所へと向かった。

同行するのはダレル夫人とヒューバート、エイマは私の懐に隠れてアルナーは隠蔽魔法を使って、空からはサーヒィ達が見張り犬人族達が護衛につき、ついでにベン伯父さんとフェンディアさんまでが私の後に続く関所行きの馬車へと乗り込んできた。

関所で働く鬼人族の報告によるとエルアー伯爵とアールビー子爵は見たことのないような真っ赤だったそうだ。

盗賊でもここまで赤くないぞというくらいに赤かったそうで……同行する皆としてはこれから戦場に赴くくらいの気合が入っているようだ。

私としてはそんなことよりもダレル夫人に教わったことがしっかり出来るかが心配で……ベイヤースの背中の上でピンと背筋を伸ばしながら今までに教わったことを一から思い返していく。

背筋をピンと伸ばして堂々と、何をするにも急がず落ち着いて周囲の状態をしっかり把握してから行う。

手足の指の先まで力を込めて、だけども力んではいけない、硬くなってはいけない、しなやかに堂々と、体全体の動きを思い浮かべながら丁寧に優雅に。

自分が領主であるということを……この領を代表する人物であるということを自覚し意識し、短慮は敵であるということを忘れない。

私の行いはあっという間に王国中に伝わる、王様に伝わる……別に王様に伝わっても良いかなぁ、なんてことを思ってはいけない。

私は考えていることが顔に出る、だから無表情に徹する、愛想笑いは必要ない、貴族なんだから許される、公爵は細かいことを気にしない。

そう語りかけてくるダレル夫人のあの表情……無表情ながら柔らかくどこか母親を思い出す表情まで思い出していると、関所が見えてきて……既に打ち合わせが終わっているというか、どういう手筈《てはず》で行くかと承知しているクラウスを始めとした関所の面々が動き始め……関所の門が開かれる。

そうしたら私はゆっくり……ベイヤースの足をゆっくり進ませて、ベイヤースには顎を引かせて以前アルナーが話していた訓練された馬にしか出来ないポーズをさせて……あとでたっぷり岩塩と砂糖を舐めさせてやるからなと、ベイヤースに小声で話しかけてから、関所の門の向こうを見る。

するとそこには二つの集団が私の到着を待っていた、エルアー伯爵と思われる人物が率いる集団と、アールビー子爵と思われる人物が率いる集団。

その両グループの面々は私の姿を見るなり目を丸くして動揺し……伯爵と子爵も表情が崩れているように見える。

怯んでいるというか恐れているというか……私の登場を予想していなかったという訳でもないだろうに、まさかのことが起きてしまったとそんな表情をしている。

そんな面々の前まで進んだならゆっくりとベイヤースから下り……首を一撫でしてやってから伯爵達へと向き直り、口を開く。

「わざわざこんなところまでご足労いただき感謝します、私がメーアバダル領を預かるディアスです。

お2人はエルアー伯爵とアールビー子爵と見受けますが、一体全体何用でしょうか」

ゆっくりと力を込めて、少しだけ偉そうに。

何度も練習したそんな言葉を私が口にすると……ダレル夫人の話だと2人はすぐに言葉を返してくるはずだったのだが、どういう訳か2人は口を開けたまま硬直し……そのまま何も言わなくなってしまう。

真っ赤になる程に悪意を持っている相手とは言え、貴族であるならば挨拶をしなければいけない。

そうダレル夫人に教わっての私の挨拶に2人の貴族は何故だか何も言わず硬直し続け……少しの間の後にようやく声を上げてくる。

「こ、これはご足労いただきありがとうございます、まさかメーアバダル公に名を知っていただけているとは光栄ですなぁ」

「い、いやはや本当に、そのご見識の広さに感服する次第です」

そんなことを言ってから丁寧に名乗って友好的な笑みを見せてきて……腹の中は悪意でいっぱいだというのに全くそれを見せてこない。

白々しいというかなんというか……ダレル夫人に事前にそういうものだと教わっていなかったら、嫌悪感が顔に出てしまっていたかもしれないなぁ。

今回私は表情作りにかなり力を入れている、ダレル夫人を前にして何度も何度も練習させられた結果を出そうと必死になっている。

ダレル夫人が持っていた手鏡を借りてまで練習したからそれなりのものには……感情を見せない微笑みを浮かべられているはずだが、果たしてどれだけ通用するだろうか……。

「お、お忙しい中、わざわざのお出迎え本当にありがたく……こちらはそんなメーアバダル公と友好を結びたいと思って用意した品々です、受け取っていただけるとありがたく……」

「わ、私もエルアー伯爵程ではないですが、心ばかりの品を用意させていただきましたので……」

挨拶を終えると2人はそう言ってきて……これもダレル夫人の想定通りだ。

少しだけ想定と違っていたのはエルアー伯爵の贈り物が動物だったことで……それはなんとも不思議な動物だった。

かなり大きな体で、馬……に似ていなくもないが顔も体もかなり違う作りをしていて、愛嬌があるというか間の抜けた顔に、体を覆う毛は馬よりも太く長い。

そして背中には大きな山のようなコブがあり、そのコブの上には綺麗な模様の布と鞍が載せられていて……どうやら騎乗が可能な動物であるらしい。

それが三頭……その動物と鞍などがエルアー伯爵の贈り物で、アールビー子爵の贈り物はダレル夫人の想定通り、宝石の類となっていた。

綺麗な箱に収めて、箱自体も高価そうで……金貨銀貨では露骨過ぎるがそれ以外だと運ぶのが大変なので、貴族同士の贈り物というとそういった宝石が定番なんだそうだ。

そういう意味では生きていて餌も水も必要な、体が大きいだけでなく力も強そうなこの動物はかなりの手間がかかった贈り物だと言えて……私は用意したお返しがこの動物や宝石の価値と釣り合ってくれるのだろうかと不安に思いながら手を上げる。

すると後ろに控えていたヒューバートが鉄のトレイに載せたメーア布を持ってきてくれて……ヒューバートは岩塩を包んだそれをまずエルアー伯爵の部下に手渡し、そして次のメーア布と岩塩をダレル夫人から受け取りトレイに載せて、同じようにアールビー子爵の部下へと手渡す。

エルアー伯爵には布を多めに、アールビー子爵には少し少なめに。

メーア布も岩塩もどちらも名産品で……そして以前来てくれた２人の貴族、サーシュス公爵達に贈った品でもある。

隣領では珍重されて高く買い取ってもらえているメーア布だが、王国全体ではまだまだ存在を知られておらず、その価値を知らない者にとってはただの布となる訳だが……メーアバダル公爵がサーシュス公爵に贈った品で、マーハティ公爵が愛用している品となると話が違ってくる……らしい。

3人もの公爵がその布に価値があると言えば、たとえ手触りが悪くすぐに破れるような、質の悪いボロ布であっても価値があるということになるのが貴族であるらしく……ヒューバートがあちらの部下達に、サーシュス公爵に贈った件などを説明すると、ただの布を送られ目を丸くしていた伯爵と子爵が、途端に表情を変えて両手をすり合わせながら礼の言葉を口にしてくる。

「お、おお、これがかのメーア布ですか！　その名はマーハティ領に滞在している際何度も耳にしましたが、まさかそれをこうして手に出来るとは……あまりの嬉しさに一瞬喉が詰まってしまいました」

「ほ、本当に！　こんなにも上等な、かのサーシュス公爵が認めた布をいただけるとは、これで次のパーティ用の服を仕立ててみるのも良いかもしれませんなぁ」

メーア布の名前を聞いていた、という部分はどうやら本当のようだ。

だけども嬉しいというのは嘘のようだ。

パーティ用の服にする気もさらさらないようで……何故それが分かるかと言えば、それは私の視線の先、伯爵達の遥か後方の木の枝の上に隠れている犬人族達が出している合図に答えがある。

その犬人族達は関所の見張り櫓から伯爵達が本当のことを言っているのか、嘘を言っているのかを示す合図を出せとの指示を受けている。

そして見張り櫓には関所勤めの鬼人族やアルナーがいて……アルナー達は伯爵達にその存在が気取られないように櫓の中に隠れながら魂鑑定を使っていて……魂鑑定の結果を受けてどんな合図を出すべきかの指示が櫓から出されている、という訳だ。

そんな櫓からの指示は私達人間族の耳には聞こえない音を奏でる、ある笛でもって出されている。

ダレル夫人が発案し、洞人族達がささっと作り上げたそれは犬笛と言うんだそうで……その笛の音の回数とかで指示を出しているという訳だ。

私からすると何の音も聞こえない笛で本当にそんなことが出来るのかと不安だったが……木の枝の上で両手を使っての大きな丸や大きなバツを懸命に作っている犬人族達を見るに、問題ないようだ。

……いやぁ、しかし、なんと言うかなぁ。

こうして魂鑑定の結果をまじまじと見続けるというのは中々応えるものがあるな。

先程から2人の貴族達はメーア布を贈ったことをきっかけに……というか、それをきっかけにして、なんとかこちらにすり寄ってやろうと画策しているのか、あれこれと世間話をし続けている。

最近の王都について、王位後継者の動向について、貴族達の流行について、2人が聞きつけたらしい帝国が今どうしているかの情報……などなど。

その全てが嘘、隣領滞在中にあった出来事という調べればすぐに分かりそうな話さえも嘘、嘘嘘嘘。

目の前の友好的な笑みを浮かべる人間から放たれる言葉のほとんどが嘘で、次から次へと嘘が飛び出してきて……どうやら本当にこの2人の心の中には悪意しかないらしい。

盗賊以上の悪意があるのに贈り物が出来て、笑みを浮かべることが出来て、おべっかを使うことが出来て……私には絶対に出来ない芸当だなぁ。

ダレル夫人が言うにはこんな貴族ばかりではないそうで、この2人は特に悪い方に分類されるそうだが……うぅむ、これが貴族社会というものか。

……なんというか気が滅入る、疲れてくる。

嘘をつくなと言ってやって、関所の門を閉ざしてイルク村に帰ってメーア達を撫でていたい……と、そんなことを私が考えていると、世間話に私が辟易《へきえき》しているのに気付いたのか、エルアー伯爵が咳払いをしてから、別の話を切り出してくる。

「ところでメーアバダル公はご存じですかな？　実はマーハティ公は――」

そう言ってエルアー伯爵が始めたのは……言ってしまうとエルダンの悪口だった。

ダレル夫人曰く、エルアー伯爵に限らず大体の貴族達はそういう嫌な話を振ることで私の反応を見ようとするらしい。

反応を見て、私の心の中を読んで……それを武器にしようとするらしい。

もし仮に私がその話を面白いと言ったり賛同したりしたなら、更に適当な悪口を連ねて……そして私がボロを出すように誘導してくるらしい。

そのボロから私がエルダンの悪口を言っていた、私がエルダンから何かを奪おうと画策している、などなど……そんな話を作り出してエルダンとの交渉材料にしたり私の弱みにしたり……そんなことを狙っての、軽い挨拶代わりのようなもの、であるらしい。

……こんなものが挨拶代わりか……。

「……ああ、それは嘘だな」

気が滅入っているところにエルダンの悪口を言われて、我慢の限界が来たという訳ではないが、嫌な気持ちがチョロっと、少しだけ溢れてしまって……ついでにそんな言葉が口から出ていってしまう。

「……そ、それでですね、マーハティ公は――」

エルアー伯爵はそれでもそんな話を続けてきて、何故か私の言葉を無視し反応することなく続けてきて……エルダンの悪口が駄目ならとどうでも良い話をしてきたり、自分の領の話をしてきたりするのだが、それでも嘘を重ねてくる伯爵に疲れてきっていた私は、自棄混じりとなって、そんな伯爵に対し更に言葉を漏らし続ける。

「それも嘘か、嘘だな……ああ、それも嘘。

……ああ、それは本当のことなのか、ただそれも嘘だ、嘘嘘、それも嘘……それは本当。

たまに本当のことを言うんだなぁ……ああそれは大嘘だ」

するとと流石にというかなんというか、エルアー伯爵の言葉が止まる、止まってエルアー伯爵は何故だか顔を真っ青にし、脂汗を浮かべてガタガタと震え始める。

ついでにエルアー伯爵の反応を見ていたアールビー子爵までが同じような様子を見せていて……全く訳が分からない。

相手の話の途中で何の根拠もなく……いや、魂鑑定という根拠はあったのだけど、表に出来る根拠もなく嘘だと断じるなど無礼も無礼、糾弾され弱みにされてもおかしくない話なのだが……何故だかやらかした私ではなく、やらかされた側のエルアー伯爵と、その場にいただけで無関係なはずのアールビー子爵までがそんな状態となってしまっている。

一体何故、そんなことに？

なんてことを考えて私が首を傾げていると、青ざめ後ずさった2人が震える声を上げてくる。

「う、嘘が……お分かりになるので……」

「け、け、建国王様と同じ……あれはただの伝説では……」

そんな言葉を受けて私が、今建国王の話が関係あるのかと大きく首を傾げていると、森の木々の中を風が吹き抜けてきて……私の手に握られていた、火付け杖を覆っていた布が大きくめくれ上がってしまう。

すると2人はどうしてだか腰を抜かしてしまい……何故だか怯えている部下共々、なんとも情けない格好で地面に座り込んでしまうのだった。

座り込んだ石畳を撫でながら――――2人の貴族

恐怖のあまりに座り込み、不安のあまりに何かを握ろうとし、石畳を撫でることになった手を震わす2人の貴族はそれぞれ懸命に頭を働かせていた。

一体これからどうするべきなのか、どうこの場を切り抜けるべきなのか。

……目の前の人物、メーアバダル公ディアスがなんらかの力を持っていることは間違いない。

一度や二度……三度や四度、嘘を見破ったくらいなら洞察力のおかげだとか偶然だとか言えるだろうが、全ての嘘を見抜き本当のことを言えば即座に反応してくるなど……まず間違いなくなんらかの力によるもので、伝説の建国王のように心を読めてしまうに違いない。

そうなるとただの平民が……まともな教育を受けていない孤児なんかが英雄になれたのも納得だ、その力でもって敵と味方を良いように操ってきたのだろう、建国王のように活躍してみせたのだろう。

何しろ心が読めるのだからそれも当然で、そんな力があるのなら異例の早さで公爵にまで成り上がれたことさえもが納得で……それに飽き足らずディアスは更に上を目指しているようだ。

態度がそれを示している、悪趣味な程に金をかけすぎているあの鎧もそれを示している。

それらだけでなく威信の象徴とも言える、建国王が使ったとされている王笏《おうしゃく》を手にしてしまっていて……もしかしたらそれすらも、心を読む力で手に入れたのかもしれないと2人は考える。

自分ならこうする、心を読む力で誰かを脅し、操り建国王の墓を暴かせここまで持ってこさせ……そしてそれを奪う。

……そこまでして手に入れたということは恐らくディアスは、建国王のように王笏を使えてしまうはずで……もし仮に伝説で語られる他の神器までを手に入れようとしているのだとしたら……それどころか手に入れてしまっているのだとしたら、ディアスは大陸を統一した建国王と同じか、それに近い力を得てしまっていることになる。

幼かった2人が初めて建国王の伝説を聞いた時には、そんな馬鹿な話があるものかと笑ったものだ。

曰く、建国王は心が読める。

曰く、建国王はその気配を完全に断つことで、姿を消すことが出来る。

曰く、建国王は敵の位置や数を完璧に把握することが出来る。

曰く、建国王は神々から十二の神器を下賜され、それらを扱うことが出来たのは建国王と聖人ディアのみだった。

決して朽ちぬ大斧、大軍を焼き尽くす炎を吐き出す王笏、あらゆる傷を癒やす絨毯《じゅうたん》、敵にのみ効く毒を振りまく短剣、空を舞い飛ぶ手斧、全ての攻撃を弾き返す盾、矢を番える必要のない弓……などなど。

それらの力と神器を手に建国王は大陸を跋扈《ばっこ》していたモンスター達を駆逐し、同時に大陸各地で細々と暮らしていた人々をまとめ上げ……神々の助言を元にサンセリフェ王国を創り上げた。

それから建国王の力の下に凄まじい速度で発展したサンセリフェ王国は、モンスター達に怯えずに済むという確かな平和を作り上げ、その栄華は未来永劫続くものと思われたが……それを成した力は建国王だけのものであった。

建国王の子供も孫も……誰も彼もが特別な力を持っていなかった、神器を扱うことが出来なかった。

そのうち神器は力を失ったのだと……決して王族が力を失ったのではなく、神器の方が力を失ったのだとされるようになり、王族の側にあっては余計な疑惑を生むだけだと全ての神器がなんらかの形で王族から遠ざけられていって……結果、王族は威信を失うことになり、そうして王国は分裂し……広大だった領土のほとんどを失い、今のような形へと成り果ててしまった。

もしその力が、神器が再び集まったらどういうことになるのか……ディアスは一体全体、何のために、どんな目的でそんなことをしているのかと……2人は懸命に、必死に言葉を発することなく、立ち上がることもなく、ただただ頭だけを働かせ続ける。

何しろ相手はこちらの考えを読めるのだから、思考をするだけでもかなりの気を使う必要がある。

歴史学者は言う、建国王伝説など嘘ばかりだと、あるいは本当にあったものだと……心の全てを読めたからこそその栄光だと言う者もいる。

当時の記録など僅かな手がかりからあくまで読めるのは心の一部だけだと言う者もいたが……2人は先程の会話から、恐らくは考えていることのほとんどを読まれているのだろうという確信に近いものを持っていた。

そうして2人は考える、ディアスと敵対すべきなのだろうか？　と。

たとえば先程ちらりと見た建国王の王笏のことを理由に、叛意があるだとかそんなことを王城に報告するのはどうだろうか？　かつての建国王のように武力での大陸統一を夢見ていると密告するのはどうだろうか？

……いや、そんなことを言っても王城が簡単に信じてくれるとは思えない、話を王まで通そうにも、そこまで行くには様々な貴族への折衝やかなりの額の賄賂が必要となり……手間も時間も費用もかかりすぎてしまう。

そんなことを決断したと読んだならディアスは当然対抗措置を講じてくるはずで、ぐずぐずしている間に暗殺やら武力侵攻やらを受けるのは明白で……どう考えてもリスクが大きすぎる。

そうかと言って今更友好的な態度を取るというのもどうだろうか？

ここに来てからずっと2人はディアスをどう利用してやろうか、どう貶《おとし》めてやろうか、どう支配してやろうかと、そんなことばかりを考えていて……周囲の部下にもそういった方針であると伝えていて、そういった悪意全てを読まれてしまっている。

今更友好などと言っても嘘臭すぎないだろうか？　いや、待てよ、心を読めるのだから心底から願えば……と、そんなことを2人が考えた折、ずっと動かず喋らず、地面に座り込んだままの2人を見て、軽く首を傾げたディアスが、何故だか一瞬ディアス自身の胸元を見やる。

何かを見ているような……胸元から聞こえる何かを聞こうとしているような、そんな態度で。

直後、ディアスは手にした王笏を覆っていた布を払って顕にし……それを天に向かって突き上げる。

森の中にあってこの関所の周囲は切り開かれた、青空を見ることの出来る一帯となっている、木々が少なく、爽やかな風が吹く……森らしからぬ場所となっている。

そんな森の中の青空に向かって王笏を突き上げたディアスは、王笏から炎を……2人が今までに見たことのない、暖炉や焚き火、祝祭の日のかがり火とは比べ物にならない大きく勢いと熱量のある炎を巻き起こす。

それを見た瞬間2人は今までの人生で受けたことのないような衝撃を受ける、驚きとか困惑とか、そんな言葉では言い表せない程の何かで心をぶっ叩かれ、頭の中を揺さぶられ……そうして2人の貴族は心を決める。

1人は臣従、1人は逃走。

そう決めたなら彼らの行動は早かった、驚き戸惑う部下達を一喝し方針を示し、それから即座に決めた方針のためにと動き出すのだった。

火付け杖を軽く振りながら――ディアス

後方のダレル夫人からの小さな声での指示を聞き取ったエイマが私にそれを伝えてきて、それを受けて私が思いっきり火を出そうとすると空に向けた火付け杖は、初めて使った時のように凄まじい火を吐き出した。

周囲の気温が上がってしまうのではと思うくらいに噴き出し、それからゆっくりと火が弱まっていって……ドラゴンの意匠の口の辺りに微妙に残っていた火を振って消していると、まず先に立ち上がったアールビー子爵が声をかけてくる。

「きゅ、急で申し訳ないのですが同行者達の体調が優れないようでして……挨拶も終わりましたので、ここで失礼させていただければと思うのですが――」

確かに皆顔色が悪い、何ならアールビー子爵本人の顔色も悪いのだが、その言葉は犬人族の合図によると嘘で……ここで休憩していけば良いのでは？　とか、薬湯を用意しようか？　とか、咄嗟《とっさ》に頭の中に浮かんだ言葉達がすっと消えていく。

そうして私が無言になっていると子爵はそれを了承の態度と受け取ったようでそそくさと……まるで戦場から逃げ出す兵士かのようにアールビー子爵一行は大慌てで来た道を戻っていく。

「ほっほっほ、あの若造が何か企んだとしても、このエルアーめが対応しますのでご安心くだされ。

幸いにして我が領地は奴の領地のすぐ側……その動向全てをつぶさに監視出来ることでしょう。他にも王都からの客人の情報や……周辺各地の情報などもいち早く手に入れ、お知らせいたしますので……どうかこのエルアーめの顔と名前を覚えていただきたく」

そんな子爵のことを見送りながら立ち上がって、腹を揺らしながら笑い、先程までとはまるで別人のような笑みを浮かべて目を細めて……なんだか急に老けたようにも見えるエルアー伯爵がそんなことを言ってくる。

エルアー伯爵は私とそう変わらない年齢だったはずなのだが、なんだかすっかりと好々爺《こうこうや》といったような印象で……犬人族の報告からすると全く嘘はついていないようだ。

更にはエイマから、

（……関所の方から聞こえてくるアルナーさん達の声からすると、本当のことを言っているだけじゃなくて、悪意自体がなくなっているというか……心根自体が輝かんばかりの青になってるみたいですよ）

との声が上がってくる。

これには私も驚いたというか、思わず声を上げそうになる。

さっきまで真っ赤だったのに今度は真っ青？　一体何がどうなったらそんなことに？　逆に心配になってくるというか、エルアー伯爵の情緒はどうなっているんだ？　と、そんなことを考えているとエイマが言葉を続けてくる。

（……急過ぎる心変わりで怖いと言いますか、これからもある程度の警戒は必要だと思いますけど、青ならとりあえず表面上は仲良くしてあげても良いと思います。

伯爵が連れてきた動物、あれはラクダというのですけど、乾きと飢えに強く、馬と同じくらいに人馴れする動物で……今後の荒野探索で大きな力となってくれるはずです。

ラクダが手に入る地域にお住まいということは、ボク達の故郷である砂漠のことにも詳しそうですし……そういった面でも仲良くしておきたい相手だと思います）

その言葉を受けて心の中で頷いた私は一応念の為振り返り、ダレル夫人やヒューバート、ベン伯父さんの表情を確認した上で、ひとまず話を聞いてみるかとエルアー伯爵に関所で休憩していかないかと、そんな声をかける。

それから関所の中に入り、クラウス達が用意した屋外に置かれた木製テーブルと椅子を並べただけの簡易な席について……そうして休憩を始めたエルアー伯爵は、向かい合う椅子に腰掛けた私にあれこれと質問を投げかけてきた。

あれについてどう思うか、これについてどう思うか……あの人は、この地域は、こういう風習は、ああいう法律は、なんて風に様々なことを聞いてきて……どうしてそんなことを聞いてくるのか、意図が今一つ分からないものだったが、変わらず魂鑑定は青のままだったので、私は答えられる範囲で質問に答えていった。

すると質問は、今一番したいことは何か、これからどうしていきたいのか、私が目指している到達点はどこなのかと、そんな内容まで踏み込んできて……私は頭を悩ませながらも、それに答えていく。

「今一番したいことも、目指している到達点も、基本的には同じ答えになるだろうな。

村をより大きくしていきたい、皆の生活をもっと便利で豊かなものにしていきたい、もっと領民を増やしたい……つまりはまぁ、メーアバダル領を発展させたいということになる。

よく分からないうちに領主になって、村を造ることになって……それから皆が集まってきてくれて賑やかになっていって……村が大きくなるのも領民が増えるのも、皆の生活が豊かになっていくのも、全部が嬉しいことで楽しいことで、そうやって色々なことが変化していくことが幸せなことなんだと思うようになって……。

そんな楽しい日々がこれからも続いて欲しいというか、到達点も……そうだな、村が立派になって領民がうんと増えて、変化が落ち着いて皆の生活が安定すること、なんだろうな」

すると伯爵は微笑みを浮かべながらうんうんと頷いて……また様々な質問を投げかけてくる。

今度は私のことというよりも国についての質問で……今の王様をどう思うか、次の王様に誰がなって欲しいか、候補の誰かが新しく王様になったとして私はどうするのか、エルダンの父親のように領地を買い増やしたいのか、今の立場以上の出世を望むのか……と、そんなような質問だ。

これらに関しては、悩むまでもないというか……あまり興味がない事柄なのですると答えが口から出ていく。

「今の王様は……まぁ、王様なんだろうなぁとしか、一度しか会ったことがないからなぁ。次の王様は……まぁ、相応しい人がなったら良いんじゃないか？　誰が新しい王様になっても……まぁー、私達はこれまで通り変わらないだろうしなぁ、ここら辺は正直、縁遠い話過ぎて深く考えたことがないし……関わることもないと思っているよ。

そして領地は面倒そうだし買うのはしなくても良いかなぁ、荒野みたいに無人の場所を領地にする方が面倒がなさそうで私に合ってそうだ。

出世は……これも興味がないというか、公爵の上の立場なんて存在しているのか？」

すると私の後方に控えていたダレル夫人やヒューバートから妙な反応がある。

急に体を動かしたというかなんというか、変に思って振り返ると、2人は居住まいを正していて……同時にコホンと咳払いをする。

（……ちょっと危ない内容の質問だったので、手を伸ばすなり駆け寄るなりしてディアスさんを止めようとしたんですけど、ディアスさんが問題のない回答をしたので伸ばした手を戻し、立ち位置を戻した……と、そんなところでしょう）

咳払いの後にエイマがそう説明をしてくれて……私はそんな変な質問だったかと首を傾げながら伯爵の方に向き直る。

すると伯爵はうんうんと微笑みながら頷いて……それからまっすぐにこちらを見やりながらゆっくりと口を開く。

「不躾《ぶしつけ》な質問に答えていただき、ありがとうございます。

おかげさまでディアス様が何をお望みなのか、これからどういった道を歩みたいと考えているのか……大体のことが分かりました。

……そういうことであれば儂は、領地に帰還次第支度を整え、王都に向かいたいと思います。

アールビー子爵やこの辺りのことは跡継ぎである息子に任せますのでご安心を」

「……うん？　なんで急にそんな話に？　王都に行ってどうするんだ？」

私がそう問いかけると伯爵は、また微笑んで答えを返してくる。

「ディアス様のため、様々な活動をさせていただきたく思います。

……たとえば王城や王都の人々にディアス様の意思を伝えて誤解を招かぬようにしますとか、王都の貴族達と積極的に会合を行い、ディアス様のお立場を伝えるとか……ディアス様の味方を探すとか、ディアス様の力になってくれる人材を探すとかになります。

本来であればこういったことはディアス様のご家族か手の者がなさるべきなのでしょうが、領地の管理で手一杯な現状、それも難しいでしょうし……ここは一つそういった手管に長じている儂にお任せください。

もちろん越権行為などは致しません、あくまでエルアー伯爵家の者として……ディアス様に親しくしていただいている者としての立場を忘れずに行動いたしますとも」

「ふーむ……？

人材を探してくれるというのは凄くありがたいが……他の、誤解とか会合とか、そういったことは必要なのか？」

「ええ、もちろんですとも。

現状ディアス様達はそういった活動をせずとも問題ない日々を送っていらっしゃるようですが、これからもそうだとは限りません。

何かの事件をきっかけにして吹き出すように様々な問題が発生し、この地に押し寄せてくる可能性があり……儂がやろうとしているのは、それを未然に防ぐための根回し、のようなものです。

こういった根回しのための会合……パーティなどが王都の辺りで盛んに行われていまして、昨今はこういったことばかりしている貴族を批判する声も少なからずあるのですが、かといって長年、大多数の者達が行ってきた慣例を全く無視するというのも危険です。

逆に儂がディアス様に頼まれたと言いながらそういった場に顔を出せば……古い慣例に縛られた者達は大いに安堵することでしょう。

ああ、救国の英雄も普通の貴族なのだと、自分達の仲間……同類なのだと親近感を抱き……その親近感が様々な問題の発生を防いでくれるのです。

ディアス様ご自身ではなく、儂が行うというのには、批判する者達の声を抑えるという効果もありまして……この直接的過ぎない程々の根回しが良いさじ加減の効果をもたらしてくれることでしょう。

「……このエルアーは、領地の経営に失敗し多くの領地を失い、いつ伯爵位を失うかも分からない状況にあり、ろくな軍事力を有しておらず軍事の経験もない、貴族としては無能に分類される男ですが、こういった根回しや社交に関しては一流を自負しておりますゆえ……必ずやかのダレル夫人を教育係に招いたばかりのディアス様の役に立ってみせましょう」

と、そう言ってエルアー伯爵はダレル夫人のことを見やる。

まだそこまでの挨拶は終わっていないというか、ダレル夫人の紹介もしていないのだが、エルアー伯爵はダレル夫人のことを知っていたようで……私がマナーの勉強なんかを始めたばかりということも気付いているようだ。

気付いた上で伯爵は自分に任せた方が良いとそう言っているようで……私は少し悩んでから言葉を返す。

「エルアー伯爵の言いたいことはなんとなく分かったし、善意でそう言ってくれていることも分かっているんだが……一旦皆と相談させて欲しい。

それから返事をさせてもらうよ」

するとエルアー伯爵は微笑んだまま、満足そうに頷いてくれて……そこでダレル夫人よりも距離を取って何も言わず何もせずにいたベン伯父さん達がすっと前に出てきて、エルアー伯爵に何かを話し始める。

一体何を話しているのかと気になったが、伯父さんが仕草でもって向こうに行っていろと伝えてきたので素直にそれに従うことにして席を外す。

すると上空の見張りをしてくれていたサーヒィ達が降り立ってきて……私は腕を上げてサーヒィの着地点を作り出す。

サーヒィの妻であるリーエス達が関所のあちこちに降り立つ中、サーヒィは報告のためにと私の腕へと降りてきて……それからサーヒィとあれこれ会話していると、伯父さんと会話していたはずのエルアー伯爵の方から、

「おぉぉぉ……」

なんて声が上がり……目を輝かせ手を震わせて伯爵は、妙に感動したような様子を見せてくるのだった。

帰路の馬車の中で――――エルアー伯爵

ディアスとの会談を終えて挨拶を終えて……そうして帰路についたエルアー伯爵は、揺れる馬車の中で静かにほくそ笑んでいた。

そんな伯爵の向かいの席には同行してきた老従者の姿があり……当初の予定とは全く違う展開と

なったことを心配する従者が表情を曇らせていると、それを見てエルアー伯爵は口を開き、弾んだ声を上げる。

「そう心配するな、儂らは勝ち馬に乗ったのだ……そう、とんでもない勝ち馬だ。

儂には未来を見通す目もなければ、新しい何かを立ち上げる知識もなく、何かを成す勇気も度胸もなく、凡夫と言われても仕方ない男だが……それでもこれまでの日々で鍛え抜いてきた鑑識眼はそれなりのものと自負している。

そんな儂の鑑識眼はあの方を只者ではないと見抜いた、建国王様の再来であることを見抜いた……あの方がこれから何をするのか、何をしでかしていくのかはさっぱりと分からんが、あの方に乗っておけば負けは絶対にないという確信を得た。

救国の英雄でドラゴン狩りで、僻地をたったの一年で開拓した極めて善性の男で、周囲には既に綺羅星の如く人材が集まっている様子。

あの方はこれから確実に大きくなっていくはずで……その下についてはいはい言うことを聞いておれば、それで儂らもその恩恵に与れるという訳だ。

先代カスデクス公も陛下も、王位後継者の誰であろうとも、あの方のようには振る舞えんだろう……あの方の周囲にいる獣人達を見れば分かる、あの方は味方でさえいれば儂のような男でも報いてくれるお方だ」

その言葉を受けて従者は表情を和らげ安堵し、深く頷いてエルアーの意見に賛同する。

そうして気を抜き老齢だからなのか突然の眠気に負けてウトウトとし始め……そんな従者の様子を見やりながらエルアーは、口には出せないことをあれこれと考えていく。

（……あの方は獣人族だけではなく、鳥人族まで従えていた。

これに魚人族が加わればまさに建国王の再来……建国王が今の、魔物が激減した時代に生まれていたなら何を成したのか……その答えを目に出来るのかもしれん。

……それにあの古めかしい挨拶をしてきた神官、態度からして旧道派なのだろう。

我が国の伝統と歴史を壊す新道派ではなく旧道派で、神殿まで造っているとなれば伝統ある貴族としては味方しない訳にはいかんだろうなぁ。

……何よりも旧道派で獣人にも別《わ》け隔てなく接する方であるとなれば、あんな家系図を持つ儂の家を忌み嫌うこともないだろう）

そう考えてエルアーは、子供の頃に目にしてしまった……決して入るな封を破るなと言われていた倉庫にあった家系図のことを思い出す。

その家系図は文字がかすれ一部が破れ、何代も前から追記の行われていない不完全なものだったのだが、問題はそこではなく初代エルアー伯爵についてが記述された部分が大問題で……それによると初代の妻はまさかの獣人、であるらしい。

獣人との間に子供を作り、その子が二代目で、それから血脈は途絶えることなく続いていて……恐らくは今もその血脈は続いてしまっている。

（儂に獣人の特徴はない、恐らくは代を重ねるに連れ血が薄まり、結果特徴が隠れているのだろう。見た目は人間族だが獣人族の血を引いているなどと、そんなことを獣人を忌避する新道派に知られればどうなるか……考えるだに恐ろしい。

そんな家系図など焼いてしまえば良かったのかもしれんが、我が家の伝統と歴史を語る唯一の品を焼く勇気は、儂はもちろん、父上にもお祖父様にもなかったのだろうなぁ。

……恐らくは他にもそういう家が多くあるのだろう。

そもそもにおいて伝承によれば建国王様は亜人を忌避しておらん、人間も亜人も手を取り合って協力するための王国建国だ、そんなことをしていればそもそも建国それ自体が成らなかったのだろう。

そうなると当時、初代様のように亜人と絆を結ぶ家は多かったはず……そうして生まれた血と全く無関係でいるなど、人の世ではまず不可能なはず……そう、神殿のような閉鎖社会でもなければ……。

……よく似た顔の神官が側にいるというのは偶然ではないのだろう、神殿生まれだからこそ余計な血が混じらず……神器を扱える理由も恐らくそこなのだろう。

今では誰もが力が失われたから、長年の月日で劣化したから神器が扱えなくなったと、そう考えている……そう、王家さえもがそう考えている。

……そうなると王家の血も……そういうことなのだろうなぁ）

そんなことを考えて指に嵌めた指輪……エルアー伯爵家の印章が刻まれたものを撫でたエルアーは、なんとも満足げな一仕事終えたようなため息を吐き出すのだった。

同じ頃　関所でエルアー伯爵の馬車を見送りながら――ヒューバート

「あそこまで見せてしまってよろしかったのですか?」

馬車を見送りながらヒューバートがそう声を上げると、隣に立つダレル夫人は小さく頷き言葉を返す。

「えぇ、この関所、ディアス様の態度、かの神器、従う獣人達……この程度であれば問題ありません。そもそもディアス様は公爵……その立場を奪おうと思ったら他の公爵全員と陛下の同意が必要ですから、彼ら程度ではどうにも出来ませんよ」

「……はぁ、彼らのような貴族に変に騒がれてしまえば何らかの問題が起きそうなものですが……」

「彼らが何かを言ったとして、それを真に受ける者は居ないでしょう、なんらかの行動を起こす前にまず真偽の程を確認しようとするはずです。

そうしてこの地に接触してきたなら、それを逆手に取ってディアス様の人柄と名を知らしめる良い機会とさせて頂きます。

そのための場はこうして整っていますし、ディアス様も今日のような対応が出来るのなら問題ありませんし……後はわたくし達の方で上手く手綱を握るとしましょう。

せっかく公爵位を得ている上に他の公爵とも懇意にしているのですから、多少は大胆に動くべきです、そうやって動いていればこれはと目を付けてくる傑物もいるはず……。

教育係にしては越権的ではありますが、現状メーアバダル領は武力に偏り過ぎていますから、こういう手も打っておくべきだと考えます。

そういう意味で彼らはこれ以上ない好材料でした、ここまでの旅路で大体の人となりを知ることが出来ていましたから……。

……そもそもとしてこれから荒野、荒野から更に南に手を伸ばしたとして、その全ての事務処理と管理をあなた1人でどうにか出来るのですか？」

そう言われてヒューバートは納得したとばかりに頷いて、口をつぐむ。

ヒューバートにこういった策を練るのは不可能で、メーアバダル領に誰かを呼べる程の交流を有しておらず、人材確保の案がある訳でもなく……かの王都で癖の強い貴族達を相手に立ち回っていた、百戦錬磨のダレル夫人が言うことならば正しいのだろうという確信もあったからだ。

そうしてヒューバート達は踵を返し……これからの話をしようとディアスに声をかけようとする

が、近くにいたはずのディアスの姿が見当たらない。

一体どこに行ったのだろうかと視線を巡らせていると、関所の門近くの見張り櫓の上から、

「おお、これなら遠くを見渡せて良いなぁ……ただもう少し広くした方が石やら槍やらを投げやすくなるんじゃないか？」

なんてディアスの声が聞こえてくる。

いつの間にそこに移動したのか、静かに見送りが終わることを待つことが出来なかったのか……色々と言いたいことを抱えながらヒューバートとダレル夫人は、ディアスに声をかけるため見張り櫓の近くまで足を進めるのだった。

数週間後　王都のある酒場で――

今日も酒場は満員御礼、全ての席が良い笑みを浮かべる客達で埋め尽くされている。

第一王子リチャードが始めた貴族改革は、当初は平民には関係ないことだと、この酒場に来る客の誰もが無関心でいたのだが……王家の直轄領が増え、騎士団領が増えるに連れて物流が活発化し、景気が良くなっていき……その効果が目に見えて出てくるようになると逆に、誰もが酒の席でその

改革についての話題を口にするようになっていた。

毎日毎日飽きもせずに口にし、酒の肴にし、リチャードの名を讃えて盛り上がり……好景気の中で稼いだ金を盛大に消費し。

そんな客達に備えるため酒場の主人も毎日毎日大量の食料と酒を入荷していたのだが、夜が深くなる前にそれらのほとんどが売り切れてしまって……少しでも遅くに来る客は、売れ残りの不人気の食材を口にしなければならない程だった。

そんな酒場の二階の最奥……少しの銀貨を使って借りることの出来る個室のテーブル席で、ナリウスが「これはこれで悪くないんすけどねぇ……」なんてことを言いながら塩タラのスープをすすっていると、ドアではなく窓から誰かが室内に入ってくる気配があり……ナリウスが酒瓶を傾けながら振り返ると、赤髪の少女がにっこりと笑いながら、

「最近どう？」

なんて声をかけてくる。

「いやぁ……景気は良いんスけど、空気は良くはないッスねぇ。

王都はこうして景気が良い、直轄領も騎士団領も景気が良い、西方領も元占領地も景気が良い……なんとかアースドラゴンを討伐出来た北方領も景気が良いんすが、それ以外がって感じッスからねぇ」

そうナリウスが返すと少女は、天井を見上げこめかみの辺りを人差し指で叩きながらその言葉一

つ一つを暗記し始める。

「特に領地召し上げになった貴族達は……元貴族達は、恨みを溜め込んでいて、他の貴族達は明日は我が身かと怯えていて……だってのに殿下の軍事力は増し続けていて、逆らうことも意見することも出来なくてって感じで……力で押さえつけられている間は良いんスけどねぇ……そのバランスが崩れた時や、力でどうにも出来ない策を打ってきた時には……どうなるッスかねぇ」

更にそう続けたナリウスの言葉に、少女は首を傾げながら言葉を返す。

「でも、領地を失った貴族って戦争中に非協力的だったとか、悪いことしたとか、そういう連中なんでしょ？　なら自業自得じゃない？」

「そりゃまぁそうなんスけど、自業自得だって罰を素直に受け入れるような殊勝な連中ならそもそもそんなことしでかさない訳で……いざ何かあった時、西方小反乱の時のようにあっさり鎮圧してくれる誰かが居れば良いんスけどねぇ……」

「ふーん……まぁ、ギルドとしては西方に力入れるみたいだし、反乱まではどうにも出来ないんじゃないかな」

「ま、そうなんスけどね……。

あ、そうそう、お父上とお母上は西方で元気にしているそうッスよ、ギルド長共々楽しくやってるそうッス」

「……えー、なにそれ。

娘に厄介事押し付けて自分達だけ楽しい思いしてる両親って、どう思う？」

「……いやいや、家庭の問題は家庭でなんとかしてくださいッス。上司批判を促すようなこと言わないで欲しいッス」

そう言ってナリウスが渋い顔をしていると少女は、批判という言葉を使ったナリウスに、分かってるじゃんと言いたげな笑顔を送り……それから背負袋に入れていたらしい酒瓶を……特別上等なワインが入ったそれをテーブルに置いてから、入ってきた時のように多少の気配を残しながら窓から出ていく。

「……ギルドの皆も恩人、殿下も恩人……さてさて、どうしたもんッスかねぇ」

その酒瓶をじぃっと見やったナリウスは、そんな言葉を口にし……それから瓶の封を開けて中の上等な酒を一気に飲み干すのだった。

書き下ろし

貴人の風儀

竈場で力仕事をしながら――ディアス

ある日のこと、今日の分の薪を運んで竈場に向かうと……竈場の一角、婦人会の面々が座りながら刺繍をしたり、菓子やちょっとした食事をつまんだり、井戸端会議に励んだりする休憩所のような場所から、ダレル夫人が何かを教えているような声が聞こえてくる。

……ああ、そう言えば今日はセナイとアイハンに、貴族同士のトラブルというか、過去に貴族令嬢が巻き込まれたトラブルとその対処についての授業を行っているんだったか……。

その内容はセナイとアイハンにしか意味のないものだが、ダレル夫人は授業に興味がある人は誰でも授業を受けて良いし、話を聞くだけでも歓迎するとの意向を表明していて……犬人族や鷹人族の女性陣、何人かの婆さん達に鬼人族の女性の姿もチラホラあり、皆夢中になってその授業に耳を傾けているようだ。

授業の場を竈場にしたのは……貴族令嬢の話という、女性がメインになる内容だから、だろうか？

まぁ――……私が令嬢どうこうの話を聞いても役に立つとは思えないし、他の男連中だってそこまで興味ないだろうし、竈場でやるのは正解なのかもしれないなぁ。

竈場での開催だからこそ淹れたての茶が皆に配られていて、砂糖菓子なんかも出されているようで……一部の犬人族達は授業より菓子の方に夢中になっていたりもする。

それでも構わないのか、気にした様子もなくダレル夫人が話を続けていて……セナイとアイハンはその内容を一生懸命に手元の紙に書き取り……エイマがその内容に間違いがないか、誤字がないかなどを逐一チェックしている。

そんな授業の様子を横目で見やりながら薪を積み上げ、ついでに井戸での水汲みも手伝い……あらかたの力仕事を終わらせて、一仕事終えた満足感に浸っていると、授業を行っていたダレル夫人から声がかかる。

「ディアス様、少しよろしいでしょうか？」

「うん？　どうした？」

持っていたタオルで汗を拭きながらそちらに向かうと……なんとも難しい顔で手元の紙束を睨んでいるセナイとアイハンの様子が視界に入り込む。

どうやらダレル夫人から難しい課題を出され、教わったことからその答えを導き出そうとしているが、それが上手くいっていない様子だ。

「今、セナイ様達にある問いかけをしているのですが……ディアス様であればどんな答えを返してくださるのか気になりまして……お尋ねしてもよろしいでしょうか？」

私がその場に近付き……婆さんの一人が気を利かせて用意してくれたクッションに腰を下ろすと、ダレル夫人がそう問いかけてきて……私が頷くとダレル夫人が言葉を続けてくる。

「王城の有力者、たとえば大臣などがディアス様を陥れようと企み、全く覚えのない罪をなりつける、いわゆる冤罪をかけられたとして……その冤罪、陰謀に対し、どう立ち向かい、どう解決するのが正解でしょうか？」

「ふーむ？　なんとも漠然とした問いかけな気がするし、以前にも似たようなことを問われたような気もするが……そうだな、私なら王城に行ってその大臣を殴り飛ばすかな。

　殴り飛ばしたら企みを白状させるなりして……それで解決ではないか？　陰謀の内容次第では首を落としてしまった方が早いのかもしれないが……」

　ダレル夫人の問いかけに対し、ほとんど間を置かずに私がそう答えると……ダレル夫人は以前のように頬を引きつらせながら黙り込み、セナイとアイハンは感心したような顔で「おー！」なんて声を上げ……犬人族達は「さすがディアス様！」と声を上げ、婆さん達はカラカラと笑い声を上げる。

「え、ええっとディアス様、以前の問いかけとはまた意味合いが違うと言いますか……それでは何も解決しないと思うのですが……？」

　どうにかこうにか、声を絞り出したという感じでダレル夫人がそう言ってきて、私は首を傾げながら言葉を返す。

「うん？　そうか？　陰謀と言うのなら首謀者をぶっ飛ばしてしまうのが一番簡単な解決法だと思うがなぁ……。

相手は権力者なのだろう？　悪意に満ちた陰謀なのだろう？　ならこちらの行動を予測した上で対策をしているはずで……解決と言ってもそう簡単にはいかないはずだ。

そんな陰謀を企む相手に対する解決策として一番やってはいけないのは、相手の戦場……この場合は王城、というか貴族社会か……とにかくそこで戦うことで、一番やるべきなのは、相手の思惑を一切無視してぶっ飛ばすことだ。

企んだ者がいなくなりさえすれば、その陰謀自体の存在意義がなくなるからなぁ、どんな手段よりも手っ取り早いだろう？」

「……えぇっと、そのお考えと言いますか、対策法は……どなたかに教わったものなのですか？」

「教わったというか……それに近いことをやっていたら、ジュウハがそんな説明をしてくれたんだよ。

陰謀をどうにかしようと画策し、手を打って相手の戦場で戦うことこそ、相手が望んでいることだから絶対にしてはいけないとか……私の対策は正しくはないかもしれないが、的確に急所を突く一撃だとか、そんなことを言っていたかな。

権力での陰謀への対策が難しいのと一緒で、止められない暴力への対策も難しいとかなんとか……。

そうやってぶっ飛ばされた首謀者を助けようとする者、加担する者なんてのもそうはいないから、やった者勝ち……なんてことも言っていたかな」

私がそう言うと……婆さん達がゲラゲラと笑う中、セナイとアイハンが「なるほどー」なんてことを言い出し……慌ててダレル夫人がそれを訂正しようとし始める。

それが出来るのはディアス様だけとか、決して真似してはいけない特例だとか、そんなことを言いながら……。

そんな様子を見て私は、結構効果的なんだけどなぁとそんなことを考えながら、なんとも言えない気分で頭をかくのだった。

同じ頃、隣領の領主屋敷で――エルダン

「……実際そんな方法で解決出来るものであるの？」

ちょうど同じ頃、領主屋敷の執務室で、全くの偶然で同じ話題に花を咲かせていたエルダンが、執務椅子に深く腰掛けながらそう問いかけると、特に意味もなく柔軟体操をしていたジュウハが言葉を返す。

「あー……状況次第だが出来ないこともない、というところだろうな。

陰謀というのは企む段階で、いくらかの悪事に手を染める必要があり、相応の資金も必要になってくるものだ。

根回しや交渉、買収なんかもしているはずで……それらが露呈したなら犯罪者として裁かれることになるだろう。

首謀者ってのは傍目からは権力の上にどかっと座って、余裕を見せているかのように見えるが……そんな手段に出た時点でその足元は薄氷になっている訳だ。

そんな状況だってのに完全な不意打ちでぶん殴られて、大暴れされて……そのついでに捕らえられるなり、いくらかの証拠を奪われるなりしたなら、一気に危機的状況となる訳だなぁ。

貴族社会という生き馬の目を抜くような世界の中で、そんな状況となった首謀者の味方になる奴がどれだけいることか……逆にディアス側について首謀者を叩いて利を得ようとするやつの方が多いだろうな……と言うか、実際多かった訳だ。

ディアス自身は利とか貴族社会の雑事に興味がないから、上手くやれば丸儲けが期待出来るし、救国の英雄を助けたという、ちょっとした箔がつくかもしれない。

……首謀者のように、あらゆる対策、陰謀、罠や懐柔策、その他諸々の一切合切を無視された挙げ句ぶん殴られたくないっていうのもあるしな……。

ぶっ飛んだ強さがある上に、変に欲をかかないディアスだからこそ出来る裏技みたいなもんだ……絶対に参考にはするなよ」

「……まぁ、確かに……僕でも有利な状況になったなら、どう得をするか、相手から何を奪うかを考えるものであるの。

ディアス殿はそれをせずただただ相手をぶっ飛ばすだけが目的だから厄介で、敵対するよりは味方になった方が良い……と、そういう訳であるの。

うぅん……改めて味方で良かったと思い知らされるであるの」

そんなことを言ってからエルダンは西の方を見やり……戦時中あれこれと陰謀を巡らせた者達に、ほんの少しだけ同情をし……同時になんだってそんな馬鹿なことをしたのやらと呆れるのだった。

授業の様子を見守りながら――――ディアス

「つまりですね、陰謀に晒された場合でも公爵家であれば打てる手はいくらでもありますし、王国には陛下が判決を下す、王宮裁判というものもありまして、セナイ様とアイハン様であればそちらの手段の方が……。

以前もお教えしましたが弓矢は必要なくてですね、ディアス様はあくまで特例ですから!?」

私がした話の内容がまずかったのか、セナイ達の意識がおかしな方向へ向き始め、ダレル夫人が慌てて方向性を修正し始める。

貴族間のトラブルに関しては貴族制を考えだした建国王が懸念していて、法律やら何やらで色々な対策がされているそうで……そういった陰謀が上手くいくことはほぼ無いらしい。

なら何故私が戦争中に、そういったトラブルに巻き込まれたかと言えば、私が平民だからで……平民相手なら、戦争中のゴタゴタに紛れれば……なんていう誘惑に負けてのことらしい。

そんな私も今は貴族の公爵な訳で、セナイ達は公爵令嬢な訳で……確かにダレル夫人が言うような解決法の方が良いのかもしれないなぁ。

……まぁ、それがセナイ達に合っているかはまた別問題な訳だが……。

それからも授業は続き、ダレル夫人による修正も続き……どうにかこうにか、夕方前にはセナイ達を納得させることができ……続きはまた明日、ダレル夫人の気力が回復してからということになる。

……うん、ダレル夫人への給料とかは考えていたよりも多めにした方が良いかもしれないな。

なんてことを考えた私は、その辺りのことを相談するために……エリーとヒューバートがいる倉庫の方へと足を向けるのだった。

あとがき

まずは恒例のお礼から。

ここまでの物語を応援してくださっている皆様、小説家になろうにて応援をしてくださっている皆様。

いつもファンレターなどをくださる皆様。

この本に関わってくださる編集部を始めとした皆様。

いつも良い仕事をしてくださっている校閲さん。

イラストレーターのキンタさん、デザイナーさん。

コミカライズを担当してくださっているユンボさん、アシスタントの皆さん、編集部の皆様。

本当にありがとうございます！　おかげさまで10巻を出すことができました!!


そう10巻です、10巻、夢の二桁巻です。

ここまで行けるとは思ってもおらず、まさかの10巻という訳で改めて……ここまでこの物語を応援していただき、本当にありがとうございます！

まだまだ続くディアス達の物語、引き続き応援していただければ幸いです！


そんな10巻では貴族らしい……と言いますか、貴族らしくなってもらうための人物達が登場してきました。

ダレル夫人、フェンディア、パトリック達……いずれももっと早い段階から考えていたキャラなのですが、ズルズルと登場が遅れてこのタイミングに。

そのせいでディアスの勉強が遅れてしまい、ダレル夫人は色々と苦労することになるのでしょうねぇ。

……全くの他人事《ひとごと》ですが、そういう感じに物語が動いてしまったので仕方ないと思っていただくとします。

よくキャラが勝手に動く、なんて話がありますが、『領民0』の各キャラもそんな感じで、ディアスはディアスなりの価値観と判断でしか動いてくれないし、アルナーは毎日の家事を頑張ってくれているおかげで出番が少ない時もあるし……と、そんなあれやこれやが積み重なって物語が勝手に動いている……なんてこともしばしば。

そのせいで元々の予定から逸脱することもあり……いやはや、11巻ではどうなっていくのでしょうねぇ。

そんな11巻ではあるキャラ達が登場予定です。

ファンタジー世界では定番かもしれない名前のあるキャラ達。彼らによってディアス達の世界が更に広がっていく……予定ですので、引き続き物語を追いかけ、応援していただければ幸いです。

ではでは11巻でもまたお会い出来ることを祈りつつ、これにてあとがきを終わらせていただきます。

２０２３年　８月　風楼

転生した大聖女は、
聖女であることをひた隠す
戦国小町苦労譚
即死チートが最強すぎて、
異世界のやつらがまるで
相手にならないんですが。
領民0人スタートの
辺境領主様
ヘルモード
～やり込み好きのゲーマーは
廃設定の異世界で無双する～
二度転生した少年は
Sランク冒険者として平穏に過ごす
～前世が賢者で英雄だったボクは
来世では地味に生きる～
反逆のソウルイーター
～弱者は不要といわれて
剣聖（父）に追放されました～
俺は全てを【パリイ】する
～逆勘違いの世界最強は冒険者になりたい～
毎月15日刊行!!
最新情報は
こちら!

メイドなら当然です。
万能メイドさんの
異世界紀行!!
濡れ衣を着せられた万能メイドさんは旅に出ることにしました
三上康明
Illustration
キンタ

領民0人スタートの辺境領主様
X　貴人の風儀

発行 ―――― 2023年9月15日　初版第1刷発行

著者 ―――― 風楼

イラストレーター ―――― キンタ

装丁デザイン ―――― 関 善之＋村田慧太朗（VOLARE inc.）

発行者 ―――― 幕内和博

編集 ―――― 今井辰実

発行所 ―――― 株式会社アース・スター エンターテイメント
〒141-0021　東京都品川区上大崎3-1-1
目黒セントラルスクエア　7F
TEL：03-5561-7630
FAX：03-5561-7632
https://www.es-novel.jp/

印刷・製本 ―――― 図書印刷株式会社

ISBN 978-4-8030-1836-3